Mario Rigoni Stern

Tönle

Roman

Aus dem Italienischen von
Gerda Lederer

Kampa

Die italienische Originalausgabe erschien 1978 unter dem Titel
Storia di Tönle im Verlag Giulio Einaudi, Turin.
Die deutschsprachige Erstausgabe erschien 1988
im ComMedia-und Arte-Verlag Mayer, Stuttgart.

Für den Blick hinter die Verlagskulissen:
www.kampaverlag.ch / newsletter

Hegibachstrasse 2, CH-8032 Zürich
info@kampaverlag.ch
www.kampaverlag.ch
GPSR-Kontakt: Schöffling & Co. Verlagsbuchhandlung GmbH,
Kaiserstraße 79, D-60329 Frankfurt am Main
info@schoeffling.de

Covergestaltung: Lara Flues, Kampa Verlag
Covermotiv: © Conrad Jon Godly, Nevertheless #18 – 2020
Satz: Tristan Walkhoefer, Leipzig
Gesetzt aus der Stempel Garamond LT / 1. Auflage 2025
Druck und Bindung: Friedrich Pustet, Regensburg
Auch als E-Book erhältlich
ISBN 978 3 311 10159 8

Jeden Abend blieb am Rande des Moor eine Kuh bewegungslos stehen und schaute. Sie zeichnete sich gegen den klaren Himmel über der Horizontlinie ab, und als Sockel diente ihr die aufgeschüttete Erde, die im Frühling 1916 in den Bergen ausgehoben worden war, um einer Geschützbatterie Stellung und Deckung zu bieten.

Gigi Ghirotti hatte sich in einen Korbsessel gekauert und in eine Decke gewickelt, um sich vor der kühlen Luft zu schützen; er schaute schwermütig und ohne ein Wort zu sagen, in Gedanken versunken vor sich hin.

Plötzlich sagte er halblaut: »Wonach diese Kuh wohl Ausschau hält? Oder was sie wohl denkt? Ich sehe sie immer dort, jeden Abend. Vielleicht«, fügte er meinem Schweigen hinzu, »füllt sie sich an mit diesen Stunden, mit den Geräuschen – für die Zeit, wenn Schnee und Kälte sie monatelang im Stall gefangen halten werden. Oder für später, wenn sie tot sein wird.«

»Vielleicht wartet sie auf den Sonnenaufgang«,

sagte ich darauf. »Siehst du nicht, dass sie immer gegen Morgen schaut?«

Inzwischen stieg schon die Nacht von den Wäldern und Bergen herab. Aber auch im Dunkel stand die Kuh bewegungslos, gegen den sternenbedeckten Himmel abgehoben, um zu schauen. Sie war wie die Zeit.

Und ich begann, Gigi die Geschichte von Tönle Bintarn zu erzählen.

I

Vorsichtig wie ein wildes Tier, das die Dämmerung abwartet, um ins Freie zu treten, beobachtete er vom Waldrand aus seine Gegend und das Dorf da unten, das in der breiten Senke mit den Wiesen lag. Der duftende Holzrauch löste sich im rosa und violetten Himmel auf, wo die Krähen in Gruppen flogen und sich riefen.

Sein Haus hatte einen Baum auf dem Dach: einen wilden Kirschbaum. Den Kern, aus dem er geboren worden war, hatte viele Jahre vorher eine Drossel dorthinauf gebracht, als sie ihn im Flug ausspuckte, und die Laune des Frühlings hatte ihn sprießen lassen, weil einer seiner Vorfahren neues Stroh auf die Bedachung gebreitet hatte, um die Wohnstätte vor Regen und Schnee zu schützen; das Stroh darunter war zu Humus und fast zu Erdscholle geworden. So war der Kirschbaum gewachsen.

Tönle Bintarn erinnerte sich beim Hinunterschauen, dass er als Kind, nach der Kornmahd, immer an dem Teil des Stalles hinaufgeklettert war, wo sich das große Dach fast mit dem Berghang vereinigte, und dass er alle die kleinen süßen Kirschen abgezupft hatte, bevor ihm die Amseln und Drosseln mit ihren Schnäbeln zuvorkamen. Die Kirschen waren wie Honig, und tagelang hatte er die Farbe von ihrem Saft an den Händen und um den Mund, und das Wasser des Prunnele konnte sie nicht wegwaschen. Im Herbst konnte man auch vom Gipfel des Moor das Pastellrot der Blätter wie eine Flamme leuchten sehen, die das armselige Haus schmückte und von den anderen abhob.

Jetzt, an diesem Dezemberabend, waren die Zweige eine Hieroglyphe auf dem Hintergrund des Himmels, und wäre nicht ein leichter Rauch aus den steinernen Luftlöchern unter den Dachvorsprüngen emporgestiegen, wären die Häuser des Dorfes eins gewesen mit dem vom Schnee bedeckten Boden. (Unsere Wohnstätten hatten damals noch keine Rauchfänge; ein Schlot mündete vom Hauptraum in den Dachboden, wo ein Korb aus tonverputzten Ruten die Funken dämpfte: Der Rauch breitete sich in dem geräumigen Dachboden aus, und so staute sich wertvolle Wärme über der Wohnung; gleichzeitig wurden die Lärchenbalken des Dachstuhls geräuchert und für Jahrhunderte geschützt.)

Er war neun Monate ausgeblieben, und Nachricht von sich hatte er ihnen aus Regensburg zukommen lassen, wo er einen Landsmann getroffen hatte, der nach Italien zurückkehrte. So war es ihm ergangen.

Wie immer, seit er kein Kind mehr war, musste er jeden Winter drei oder vier Reisen im Monat mit einer Ladung Schmuggelgut über die Grenze machen. Von drüben brachte er Schuhe mit Nägeln für die Männer und Kleidungsstücke für die Frauen, von hier nahm er Zuckerhüte, Schnaps und Tabak in Rollen mit, und auf einer Reise – wenn es gut ging – konnte er so viel verdienen, dass er einen Scheffel Gerste oder Mehl für Polenta, einen Topf gesalzenen Käse oder ein paar Stockfische kaufen konnte.

Nur: Dieses Geschäft war seit 1866 nicht mehr so leicht, denn die leichter zu überwindenden Grenzübergänge wurden von den königlichen Zollwächtern bewacht, die sie dort nicht immer durchließen, und bei dem Ruf: »Fermi altolà! – Stehen bleiben! Halt!«, mussten sie ihre Last fallen lassen und weglaufen. Aber es kam auch vor, dass Schmuggler, die in einer Gruppe organisiert waren, die bewachten Übergänge mit der vorherigen Einwilligung der Zollwächter heimlich passieren konnten, wenn sie für jede Traglast eine Silberlira als Weggeld in die Kappe der Zollwächter zahlten.

Mit Tönle hatten sich vier Kameraden aus der Gegend zusammengetan, und soweit es möglich war, folgten sie den Spuren der Holzschlitten; dann suchten sie Deckung im dichten Wald, und um keine auffälligen Fußstapfen zu hinterlassen, gingen sie unter den Bäumen weiter, wo der Schnee immer härter ist;

in der Höhe hatten sie im Schutz der Felsen einen Pfad bis zur Grenze. Gefährlich war der Abstieg auf der anderen Seite in das Gebiet Franz Josephs, nicht wegen der kaiserlich-königlichen Gendarmen, sondern wegen der Lawinen, die oft von den Gipfeln in die Schluchten der Valsugana hinabstürzten. (Noch immer wird sich irgendjemand an einen Familienvater erinnern, einen Schuhmacher von Beruf, den im Vallone delle Trappole eine Lawine mitgerissen hatte. Er wurde im August von den Hirtenhunden gefunden, und an den Schultern hatte er noch immer den Sack mit den Holzpantinen.)

Um es kurz zu machen: Im März des Jahres, in dem unsere Geschichte beginnt, kehrte Tönle Bintarn gerade mit einer Last auf dem Rücken nach Hause zurück. In der Nähe des Dorfes hatten sich die Kameraden wie immer getrennt und verschiedene Wege eingeschlagen, um nicht aufzufallen, und er stieg mit vorsichtigem, aber festem Schritt vom Platabech herunter. Die Eisnägel der Schuhe bissen in den gefrorenen Schnee, der an den schattigen Stellen noch nicht geschmolzen war; in weniger als einer halben Stunde wäre er bei den Kindern und seiner Frau gewesen, hätte er sich im Warmen und Trockenen ausruhen und ausschlafen können. Die Frau und Petar, der älteste Sohn, hätten dann dafür gesorgt, dass die Ware an ihren Bestimmungsort kam.

Als er das »Altolà!« hörte, war er erstaunter, als

wenn sie hinter ihm einen Schuss abgefeuert hätten. Aber er ließ seine Last nicht stehen, um frei laufen zu können – er war schon zu nahe bei seinem Haus –, sondern mit einem Sprung Richtung Tal verließ er den Pfad. Da unten stand der zweite Zollwächter, und als Tönle die Erde berührte, spürte er, wie ihn jemand am Arm packte, und er hörte den üblichen Ruf: »Stehen bleiben! Wir haben dich!«

Es war dann so, dass er sich losmachte, als er sich am Arm gepackt fühlte, und mit dem Stock aufs Geratewohl zuschlug. Der Zollwächter schrie auf und ging zu Boden. Tönle begann durch den Wald hinunterzulaufen, wo schon der Seidelbast blühte; er hörte die Schüsse und Kugeln, die über seinem Kopf die Zweige von den Buchen schlugen, und dann rufen: »Halt! Halt! Bleib stehen!« Und er hörte die Krähen krächzen und eine erschreckte Amsel, und dann hörte er noch einmal: »Halt! Bleib stehen! Wir haben dich erkannt!«

Er blieb erst an einem Platz stehen, von wo er die beiden Wächter beobachten konnte, ohne selbst gesehen zu werden. Sie gingen die Weiden hinunter; der eine stützte seinen Kameraden, der sich mit einer Hand das Taschentuch an den Kopf hielt. Er sah, dass sie kurz stehen blieben und mit dem alten Ballot sprachen, der gerade das Feld für die Linsensaat vorbereitete. Dann gingen sie quer über die Wiesen der Gebrazar, blieben noch am Pach stehen, wo sie die

Verletzung am Kopf betupften und wuschen, und schließlich machten sie sich zu den ersten Häusern des Dorfes auf den Weg.

Dann lief er hinab. Er ließ die Last im Pferch des Spille und war nun umso schneller zu Hause. Hastig erklärte er der Frau und dem Vater, was vorgefallen war, packte etwas zum Essen ein und kehrte in den Wald zurück, um sich in einem Felsenloch zu verbergen, das er gut kannte.

Eine Stunde später kamen Zollwächter und Carabinieri unter dem Kommando eines Offiziers ins Dorf. Natürlich durchsuchten sie das ganze Haus, vom Keller bis zum Heuboden, aber sie fanden nichts als Armut. Im Stall war der Boden durch die Blätterstreu und den Mist vom ganzen Winter mindestens um einen Meter höher geworden, sodass die Ziegen mit der Schnauze bis zum Fenster reichten und voller Sehnsucht auf die Weiden des Poltrecche schauen konnten, wo schon die Krokusse blühten. Ein Unterführer scheuchte die sechs Schafe und sechs Lämmer auf: ob der Verbrecher nicht zufälligerweise zwischen ihnen versteckt wäre.

Schließlich ließ der Oberleutnant alle Bewohner des Dorfes vor dem Haus zusammenkommen. Er sagte mit neapolitanischem Akzent: »Einer von der Zollwache ist bei der Ausübung seiner Pflicht schwer verwundet worden; wir wissen, wer der Täter ist, und auch ihr wißt es. Wenn sich der Verbrecher innerhalb einiger Stunden stellt, werden wir Gnade walten lassen. Sonst …« Er ballte im Handschuh die Faust, sprach jedoch die Drohung nicht aus. Dann fuhr er fort: »Wenn ihr ihm Zuflucht und Hilfe gewährt, macht auch ihr euch schuldig. – Verstanden?«

Niemand fügte ein Wort hinzu. Nur ein Alter murmelte etwas in einem Dialekt, den die anderen sicher nicht verstanden.

»Gehen wir!«, befahl der Offizier seinen Männern. Und auf der schmalen Straße, die von großen Steinplatten begrenzt war, kehrten sie, in Zweierreihen hintereinander, in das Dorf zurück.

Wo sie vorbeikamen, bellten die Hunde.

Die Tatsache, dass Tönle Bintarn einen von der Zollwache verwundet hatte, war im größten Dorf und in allen Weilern der Umgebung mit telefonischer Geschwindigkeit bekannt geworden, auch wenn es damals noch kein Telefon gab. Der Amtsrichter eröffnete eine Untersuchung; der Unterpräfekt rief den königlichen Polizeikommissar, den Kommandanten der Zollwache und den der königlichen Carabinieri zum Rapport. Aber am meisten sprach man davon im Geschäft des Puller, des Friseurs und Schuhmachers, der Nachrichten und Neuigkeiten für Schmuggler und Zollwächter, Staatsbeamte und Wirte, Kaufleute und Feldwebel, Holzknechte und Senner, Jäger und Priester sammelte und in Umlauf brachte.

Der Zwischenfall war am selben Abend auch im Offizierscasino der 63. Alpinikompanie Gegenstand der Unterhaltung. Unter den jungen piemontesischen Offizieren wurde das Verhalten der Grenzbewohner und deren Wildheit kritisiert; und man erinnerte sich auch, wie der berühmte Hauptmann Casati mit einer Kompanie Bersaglieri gegen etwa hundert Gebirgler einschreiten musste, die ohne höhere Bewilligung in den Gemeindewäldern Holz schlagen wollten. Was glauben die denn? Aber der Oberleutnant Magliano, der bestrebt war, der königlichen Musterungskommission einige Namen zu nennen, weil man das seiner Abteilung gutschreiben würde, und der sich auch erinnerte, dass der Täter in seinem Zug Pionier gewesen war, als er, gerade als frischgebackener Leutnant von der Akademie entlassen, in dieses unser Dorf geschickt worden war, beendete die Diskussion, indem er die Tischgenossen aufforderte, im Chor ein Lied anzustimmen, das er gerade in diesen Tagen nach der Melodie eines alten volkstümlichen Motives gedichtet hatte. Die Worte lauteten: »Auf dem Hute tragen wir ein Siegeszeichen – das der Könige des Hauses von Savoyen – wir tragen es mit Freuden und mit Treue – es lebe Italien und seine Herrscher. Wir werden die Mauern von Trient erklimmen …«

Merkwürdig ist es auch, dass Tönle Bintarn, bevor er Pionier unter Leutnant Magliano wurde, Gefreiter bei der Landwehr war, und zwar in Böhmen, in Budweis, unter dem Kommando des Majors von Fabini. Als er nach vier Jahren seinen Abschied nahm und nach Hause zurückkehrte, hatte unser Land den Besitzer gewechselt: An die Stelle von Franz Joseph war jetzt Vittorio Emanuele getreten.

Am Tag nach dem unglücklichen Vorfall begab sich die Frau von Tönle mit einem Dutzend Eier und zwei Kilo Zucker in der Tasche ins Dorf. Bevor sie die Piazza della Fontana überquerte, blieb sie vor dem Eck der Stern stehen, um die Pantinen aus- und Strümpfe und Schuhe anzuziehen. Dann brachte sie ihre Kleidung in Ordnung, ging über die Piazza zu dem Haus, das sie suchte, und stieg die Stufen zum Rechtsanwalt Bischofar hinauf. Als der Rechtsanwalt die Schritte hörte, trat er auf den Gang, um sie in sein Arbeitszimmer zu bitten, nachdem er die Enkelin weggeschickt hatte, die zu ihm gekommen war, um ihm Gesellschaft zu leisten; in der Zeit hatte sie die Bücher und die Bilder mit den Porträts von Garibaldi, zu Pferd, und Mazzini, mit der Hand auf der großen Stirn, abgestaubt. Als Student, sogar schon als Seminarist, war er im Jahr 1848 mit Daniele Manin bei der Belagerung von Venedig und dann mit dem Freikorps – Zimbrische Legion genannt – am Vezzenepass gewesen, um die Österreicher und Kroaten Radetzkys zurückzudrängen.

»Ich weiß schon alles«, sagte er zu der Frau, nachdem er sie gebeten hatte, Platz zu nehmen. »Es ist besser, wenn sich Euer Mann eine Zeit lang in der Gegend nicht sehen lässt. Ist er nicht zeitweise Arbeiter in den Eisenbergwerken in der Steiermark gewesen? Er soll sofort dorthin zurückgehen, auch wenn er keine Stelle hat; den Weg kennt er ja. Und später wird er sicher eine Möglichkeit finden, Euch etwas zu schicken, damit Ihr Euch über Wasser halten könnt. Nach allem ist es im Eisenbergwerk besser als im Gefängnis. So, wie sich die Angelegenheit entwickelt hat – ich habe mit dem Amtsrichter darüber gesprochen –, ist ein Freispruch unmöglich; vielleicht kommt im Lauf der Zeit einmal eine Amnestie. Für die Zwischenzeit werde ich versuchen, dass Ihr etwas vom Pio Istituto Elemosiniere bekommt.«

Der Rechtsanwalt Bischofar sprach nicht im Kanzleistil; im Gegenteil, wenn er sich an die Leute vom Land wandte, gebrauchte er sogar mehr Wörter der alten Sprache als Venezianisch oder Italienisch. Er wollte keine Eier und keinen Zucker, und beim Verabschieden bat er sie – weil sie sowieso durch das Dorf Chescie musste –, ihm den Freund Christian Sech zu grüßen.

In der folgenden Nacht machte sich Tönle wieder auf den Weg über die Grenze. Um nicht festgenommen zu werden – denn sicher war die Überwachung verstärkt worden –, wagte er sich auf den Pfad über den Passo di Val Caldiera und den Abstieg über den Valon Porsig, wo er sicher nicht auf Zollwächter stoßen würde, sowohl wegen der Lawinengefahr als auch wegen des schwierigen Weges.

Unten, wo der Schnee weich war, war er mit Schneetellern gegangen, aber auf den hohen Hängen hatte er bei jedem Schritt die Schuhspitze mit den Nägeln ins Eis schlagen müssen, und beim Abstieg – der Pfad war völlig verschwunden – musste er auf seinem Weg durch die steilen Schluchten hinunter mit dem festen Stock im Schnee bremsen und sich auf die Fersen stemmen.

Am selben Abend noch war er in Castelnovo und schlief in einem Stall; am nächsten Tag ging er bis Castel Tesin weiter, wo er die Witwe eines alten Arbeitskameraden kannte. Dort würde er ein gutes Bett und einen Teller Suppe bekommen.

Nachdem sie über sein Unglück gesprochen hatten und von der Feldarbeit, mit der noch nicht begonnen worden war, und dass es nicht richtig war, dort, in jenem Haus, länger als notwendig zu bleiben, schlug ihm die Witwe vor, sich einem ihrer Enkel anzuschließen, der Drucke verkaufte und in der nächsten Woche mit dem Bauchladen in die Länder Österreichs losziehen würde. In Pieve, wo er sich in den Lagern der verschiedenen Druckereien eindecken musste, könnte der Enkelsohn auch für ihn Einkäufe besorgen.

Das Geld dafür würde sie ihm bis zu seiner Rückkehr leihen. Sie hätte Vertrauen zu ihm, und wenn er es wirklich wollte – um sich nicht verpflichtet zu fühlen –, könnte er ihr später fünf Prozent Zinsen bezahlen, wie es unter anständigen Menschen üblich ist.

Bevor er auf den Vorschlag einging, wollte er von diesem Enkel selbst hören, wie sich die Sache wirklich verhielt, und ging zu ihm nach Hause.

In all den Jahren, in denen er in der Welt herumgekommen war – zuerst als Wasserträger in Bergwerken, dann als Eisenponnar auf den Eisenbahnstrecken, die gerade gebaut wurden, oder als Soldat –, hatte er öfters diese ziemlich eigenartigen fliegenden Händler getroffen, die ihre Waren auf Jahrmärkten oder Kirchweihfesten ausstellten; sie hängten sie auf einer Schnur auf, die sie entlang der Kirchenmauern oder unter Bogengängen spannten; auch boten sie nichts feil, was notwendig war, was man für ein Handwerk, das Haus oder das Feld brauchen konnte, was weiß ich, zum Beispiel Pferdegeschirre, Galanteriewaren, Werkzeug, Schnallen, Stoffe und so weiter, sondern sie verkauften Papierblätter mit Figuren darauf. Es waren Bilder von Heiligen und Szenen, die Geschichten erzählten, die alle verstehen konnten, sogar die Analphabeten. Auch er war sonntags gern für eine gute Stunde stehen geblieben, um diese Figuren zu betrachten und den Begleittext zu lesen und über die Geschichten aus der Bibel, dem alten Rom, über die Ritter von König Artus' Tafelrunde oder über ferne Städte, Bräuche und Länder oder die Napoleonischen Kriege seine Gedanken schweifen zu lassen.

All das kam ihm beim Gehen in den Sinn, und so erreichte er das Haus, das abseits vom Dorf lag, mitten in einer Wiese am Berghang. Er trat ein. Es waren viele Leute drinnen, Männer und Frauen in jedem Alter; einige saßen um einen großen Tisch, ein paar waren beim Feuer, andere saßen auf der Treppe, die zum oberen Stockwerk führte. Alle aßen Polenta mit Bohnen. Er grüßte und wünschte eine gute Mahlzeit, dann sagte er, wer er war und was er wollte. Einer kam vom Herd auf ihn zu. Mit seinem runden und rosigen Gesicht kam er ihm im ersten Augenblick wie ein Knabe vor, aber der lange und dichte rote Schnurrbart zeigte, dass er schon zwanzig Jahre alt sein musste.

Der junge Mann lud ihn ein, sich an den Tisch zu setzen, wo sich ein Mädchen erhoben hatte, um ihm Platz zu machen. Er fragte Tönle, ob er schon zu Abend gegessen hatte. Er nahm einen Schluck Grappa in einer Kaffeetasse an. Sie sprachen miteinander.

Auch hier, wie schon bei der Witwe, erzählte er seine Geschichte und wie er sein Zuhause hatte verlassen müssen, um nicht eingesperrt zu werden.

Orlando – so hieß der junge Mann mit dem Schnurrbart – war damit einverstanden, ihm Drucke zu besorgen; er wollte sie selbst kaufen, je nachdem, wie er den Markt einschätzte. Er meinte aber auch, es wäre nicht richtig, wenn sie sich nach einer gewissen Einarbeitungszeit gegenseitig Konkurrenz machen würden. Immerhin würde er ihn einführen, und sie würden sich schon einig werden, vielleicht parallele Straßen gehen und sich am Abend treffen, denn Tönle musste vor dem Gesetz als sein Gehilfe gelten, weil er keine Genehmigung als fliegender Händler besaß.

In der folgenden Woche zogen sie los, zu Fuß. Sie hatten gute Schuhe und gute Beine, und auf dem Rücken trugen sie, an einem Lederriemen befestigt, den Holzkasten, in dem etwa hundert Blätter sorgfältig übereinandergelegt und nach Themen und Serien geordnet waren.

Diese Drucke waren die einzigen Kunstgegenstände, die seit drei Jahrhunderten die Werke der großen Meister bei den Leuten auf dem Land und bei den Stadtbewohnern bekannt machten, bis in die entlegenen Hütten in den Bergen und Ebenen. Die Tesiner, alte und erfahrene Straßenhändler – vor langer Zeit waren sie durch Europa gezogen und hatten Feuersteine verkauft –, waren so weit herumgekommen, dass sie in jedem Dorf der Welt remondinianische Drucke, jene aus den bekannten Druckereien von Bassano, an den Mann brachten: von Skandinavien bis Indien, von Sibirien bis Peru. Und jedes Volk und jede Nation hatte billigerweise seinen eigenen Geschmack: Was bei den Lutheranern in Nordeuropa gut ging, kam bei den Spaniern nicht an; die Russen waren auf Bilder von Paris und London und Reproduktionen von Raffael aus; die Franzosen und die Bewohner der Niederlande auf Szenen aus den Napoleonischen Kriegen oder Landschaften und Trachten aus dem Kaukasus oder aus Moskau; die Südamerikaner wollten Madonnen von Guadalupe oder Bilder vom Jüngsten Gericht; die Österreicher romantische italienische Landschaften oder Jagdszenen. Im Übrigen hatten doch alle ihre eigenen Heiligen, und die einen wollten den heiligen Joseph älter und die anderen die Jungfrau Maria jünger.

Diejenigen, die mit Drucken handelten, mussten sich daher in den verschiedenen Geschmacksrichtungen und Traditionen auskennen und ihren Kunden je nach Geschlecht und Alter, Religionsbekenntnis, ausgeübtem Beruf und Vorlieben Bilder zum Kauf vorlegen. Aber es kam auch vor, dass in einer entlegenen Hütte in Galizien nach der *Vermählung Mariä* von Raffael oder nach einer *Pietà* von Michelangelo gefragt wurde (diese gingen immer noch besser als die Flamen!) und in Städten wie Wien oder Heidelberg nach einem Öldruck vom heiligen Antonius, dem mit dem Schweinchen.

Tönle und sein Kompagnon aus der Valsugana gingen schnell. In Bozen wanderten sie an der Etsch flussaufwärts, anstatt zum Brenner hinaufzusteigen. In Naturns stellten sie zum ersten Mal aus und verkauften so viel, dass sie sich einen kleinen Vorrat an Roggenbrot, geräuchertem Speck und Käse leisten konnten: Von dort ging einer bis Latsch, und der andere ging bis Schlanders weiter, wo sie sich am Abend trafen. Sie schliefen in einem Heuspeicher, am nächsten Tag nahmen sie die Arbeit wieder auf; Tönle klapperte die Höfe links ab, und der andere die Höfe rechts im Tal. Sie trafen sich nach drei Tagen in Glurns wieder; dort übernachteten sie innerhalb der alten Mauern, in einem Stall; am nächsten Tag machten sie gute Geschäfte, denn es fand ein Jahrmarkt statt, der sogar Leute aus dem Veltlin und der Schweiz anlockte. Danach machten sie sich zum Reschenpass auf und kamen nach Vorarlberg.

So gingen sie wochenlang. Sie ließen die Berge hinter sich, und in Landshut in Bayern verkauften sie fast alle klassischen Themen, sodass sie beschlossen, nach Brünn zu gehen, wo Giuseppe Pasqualini, der auch aus Castel Tesin stammte, eine moderne Druckerei für mechanische Reproduktion von Farbdrucken auf der Grundlage des Öldrucksystems besaß. Dort wollten sie sich neuerlich versorgen und dann weitergehen. Außerdem boten die Drucke von Pasqualini eine größere Gewinnspanne und waren sehr gefragt, denn die lebhaften und natürlichen Farben und die Wirklichkeitsnähe der dargestellten Begebenheiten übten auf das Volk einen großen Zauber aus.

Als sie in die Nähe von Krakau kamen, beschloss der Tesiner, über die Karpaten nach Russland zu gehen. Er wollte dort sein Glück versuchen und ein Geschäft in Kiew, Moskau oder Petersburg eröffnen; er hatte eine schöne Summe gespart, und die Landsleute, die sich in jenen fernen Städten niedergelassen hatten, würden ihm helfen, sagte er. Bevor sie sich an jenem Abend verabschiedeten, aßen und tranken sie in einem Gasthaus in Krakau, wo der jüdische Besitzer als Bezahlung statt Geld einen Druck vom Hafen Amsterdams haben wollte.

Tönle machte sich alleine auf den Rückweg, aber da er weder einen Gewerbeschein noch einen Pass besaß, sondern nur den Entlassungsschein von der Landwehr, musste er die großen und kleinen Städte meiden. In Brünn versorgte er sich wieder mit Drucken, die er von einem Tesiner kaufen ließ, den er auf einer der Straßen Böhmens kennengelernt hatte. Auf dem Weg durch die Dörfer von Salzburg und Tirol verkaufte er, bis auf zwei, alle Bilder.

Cesares Hund bellte nicht; er kam, um an seiner Barchenthose zu schnuppern. Da gab es viele Gerüche, aber alle verhießen Freundschaft, und der Hund wedelte leicht mit dem Schwanz. Tönle sah eine Reihe gefrorener Windeln am Gartenzaun hängen, aber er dachte sich nichts dabei. Er zog den Schieber aus dem Riegel, stieß die Tür auf und trat ein, ohne ein Wort zu sagen.

Sie hatten ihn nicht erwartet. Er blieb einen Augenblick gegen den steinernen Türpfosten gelehnt und schloss dann die Tür. Seine Frau und seine Mutter hielten im Spinnen inne, sein Vater, der auf einem Schemel saß, schaute ihn an, nachdem er den Blick vom Feuer gewendet und die Pfeife aus dem Mund genommen hatte; Petar war der Erste, der sich erhob, in der Ecke unter der Lampe, wo er in einem Spänehaufen Tannendauben mit den Messern glättete. Sie kamen auf ihn zu, die Frauen umarmten und küssten ihn; sein Vater verriegelte die Tür mit dem Eschenbalken, dann nahm er ihn am Arm und zog ihn näher zum Feuer, um ihn besser sehen zu können. Alle wollten so viel wissen, und die Fragen überschlugen sich mit den Antworten. Dann begannen sie zu erzählen und ließen ihn über die Monate, die er weg gewesen war, erzählen.

Als er sich über alle Berge hatte machen müssen, war seine Frau schon fast im zweiten Monat schwanger gewesen, hatte es aber noch nicht gewusst, und dann war ein Mädchen zur Welt gekommen, das sie schon getauft und Giovanna genannt hatten: Es schlief. Das Mädchen lag in seiner Wiege, wo es schön warm und trocken war; es lutschte auf seinem Streusack am Daumen und atmete kaum dabei; nur manchmal bewegten sich die Wangen. Tönle hatte das Öllicht genommen, hielt es mit ausgestrecktem Arm vor sich und schaute bewegungslos. Ergriffen, aber ohne Scheu, seine Rührung zu zeigen, vergaß er, in die Scheibe Polenta und das Stückchen Käse zu beißen, die ihm seine Mutter in die Hand gedrückt hatte.

Er ging zum Feuer zurück, das Petar mit trockenem Holz wieder angefacht hatte, damit es wärmer und heller wurde. »Sie haben dir in deiner Abwesenheit den Prozess gemacht«, sagte der Alte, »und sie haben dich zu vier Jahren verurteilt. Zum Glück ist der Zollwächter nach dreißig Tagen wieder auf die Beine gekommen. Sie wollten dir sieben Jahre geben, aber der Anwalt Bischofar hat dich gut verteidigt und hat auch den Oberleutnant Magliano als Zeugen aufgerufen. Du darfst dich nirgends sehen lassen, denn ab und zu tauchen die Zollwächter hier in der Gegend auf, drei- oder viermal sind sie auch ins Haus gekommen und haben sich umgehört, ob wir wüssten, wo du versteckt bist.«

Er jedoch wollte anderes wissen. Wie die Geburt gewesen war und die Kartoffel- und Flachsernte, ob sie genug trockenes Holz hatten, um den Winter über auszukommen, wie sie die Wolle verkauft hatten oder ob sie sie behalten hatten, um sie zu Hause zu spinnen und zu verweben. Er wollte auch wissen, ob Petar mit den Hirten gegangen war oder ob er – Tönle hatte gleich beim Eintreten gesehen, wie er an Dauben arbeitete – in die Werkstatt der Prudeghar zu den »fasciari« gegangen war. Nein, erklärten sie ihm, er war nicht in die Werkstatt der Prudeghar gegangen, sondern hatte zu Hause zu arbeiten begonnen, alleine, mit dem Werkzeug seines Großvaters; und daheim gab es genug Arbeit mit dem Holz und auf den Feldern und auf dem Moor; sie hatten auch die Ziegen nicht mit den anderen Herden auf die Genossenschaftsweiden gegeben, sondern sie hier unten auf den Gemeinde-Erbpachtgründen behalten. Marco hatte mit der Volksschule begonnen, und jeden Morgen ging er mit den anderen Kindern aus der Umgebung ins Dorf hinunter.

Während sie alles erzählten, schaute ihn seine Frau an, als wollte sie seine Kleider mit den Augen durchdringen. Sie hatte sofort Haspel und Spinnrad zur Seite gestellt, nahm seine Hand und drückte sie fest. Sie wartete auf den Augenblick, bis sie mit ihm alleine war, um all das zu erfahren, wonach sie hier, vor allen, nicht fragen konnte.

Tönle erzählte, ohne auf viele Einzelheiten einzugehen; dann nahm er sich mit einer gewissen Lässigkeit den Gürtel ab, trennte mit dem Messer eine Stelle auf und ließ die Silbergulden, die er eingenäht hatte, in die Hand gleiten.

»Die hab ich mir«, sagte er, »mit dem Verkauf von Drucken in allen möglichen Ländern verdient.«

Er zählte sie vor allen anderen: Es waren dreißig klingende Münzen, jede zwanzig Kreuzer wert. Eine schöne Summe, beinahe ein Vermögen, und er übergab sie der Frau und sagte: »Behalt du die Moneten, du wirst sie im Hause brauchen.«

Aus einem anderen Versteck zog er noch zehn Gulden, und diese übergab er, ohne ein Wort zu sagen, der Mutter.

Er ging noch einmal zur Wiege, um die kleine Giovanna anzuschauen, die noch immer schlief, streckte eine Hand aus, um sie zu streicheln oder aufzuwecken, aber ein paar Zentimeter vor dem geröteten Gesicht hielt er inne. Er glaubte, dass sie ihn anlachte, und auch sein Gesicht erstrahlte.

Als er zum Feuer zurückkehrte, wo ihn die anderen erwarteten, um weiter seinen Erzählungen zu lauschen, erinnerte er sich, dass er etwas vor der Tür gelassen hatte, bevor er eingetreten war. Es waren zwei Drucke, die er nicht hatte verkaufen wollen, denn sie gefielen ihm, und er wollte sie einrahmen und aufhängen, einen am Rauchfang des Herdes. Er rollte sie auf, um sie im Licht der Flamme zu zeigen.

Auf einem war dargestellt, wie ein Wolfsrudel nachts einen fahrenden Schlitten in einem verschneiten Wald angreift. Die Pferde scheuten vor Angst und konnten vom Lenker nur mit Mühe und unter großer Anstrengung beherrscht werden; er hatte seine Fellmütze verloren und versuchte, mit der Peitsche einen Wolf abzuwehren, der gerade ein Pferd mit seinen scharfen Zähnen packen wollte. Zwischen den Baumstämmen sah man die Augen der anderen Wölfe, wie Lichter in der Finsternis, rot leuchten. Hinten im Schlitten schoss ein bärtiger Mann, der mitten im Schüttgut kniete, mit einem langen Gewehr auf die Wölfe, die ihnen folgten. Aus dem Gewehr kam ein rötlicher Blitz, der die Finsternis zerriss, und man sah, wie die Kugel in den aufgerissenen Rachen des Wolfes flog, der gerade auf den Schlitten springen wollte. Eines dieser wilden Tiere wand sich auf dem Boden, ein anderes lag weiter weg, im Schnee ausgestreckt – es war tot.

Beim Anschauen glaubten sie auch das Gewieher der Pferde, das Knallen der Peitsche, das Bellen der Wölfe und den Gewehrschuss zu hören. Alle waren von dieser Geschichte fasziniert; zuerst hatten sie das Bild als Ganzes betrachtet, dann eine Einzelheit nach der anderen, auf die Tönle mit seinem Finger zeigte.

»Aber Ihr, Vater«, fragte ihn Marco, »seid Ihr auch dort gewesen, wo es Wölfe gibt?«

»Ich bin bis in die Karpaten gekommen; dort gibt es auch Wölfe. Aber die Schlitten greifen sie nur im Winter an und wenn sie Hunger haben.«

Es wurde still, und alle schauten zur Tür. Draußen

hörte man eine Hündin zum Mond bellen, aber ihr Gebell war friedlich.

Tönle breitete den zweiten Druck aus: Er stellte eine Bärenjagd dar.

Vor dem Hintergrund eines bewaldeten Berges erhob sich ein ungeheurer Bär. Aufgerichtet auf die Hinterpfoten, kämpfte er gegen eine Hundemeute, die ihn angriff. Zwei Hunde hatten ihn mit den Zähnen gepackt, ein paar sprangen um ihn herum, ein paar lagen verwundet im Gras, und Blut war im Gras, an dem Bären und an den Hunden. Ein Jäger mit kühnem Aussehen hatte ein langes Messer gezückt, während ein anderer Jäger das Gewehr angelegt hielt und den richtigen Augenblick abwartete, um abzudrücken. Ein Knabe, der unbewaffnet war, hatte einen Hund mit blutendem, aufgerissenem Bauch in die Arme genommen und trug ihn weg; er schaute auf den Bären zurück, und in seinem Gesicht mit dem weit geöffneten Mund spiegelte sich tiefes Erstaunen und Mitleid.

Auch dieser Druck wurde beim Licht der Feuerstelle immer wieder bestaunt, und einer wies auf die gewaltige Größe des Bären hin, der andere auf den Mut der Hunde und wieder einer auf die Kühnheit der Jäger.

»Ich werde zwei schöne Rahmen machen«, sagte schließlich Petar. »Ich habe ein Lärchenbrett mit starker Knotenmaserung. Das wird gut aussehen.«

An diesem Abend konnte er sich endlich in seinem Bett ausstrecken, seine Frau neben sich und die beiden kleinen Kinder in der Wiege. Er spürte nicht die Kälte, denn ihre Körper wärmten sich bald. Das Eis hatte auf die Fensterscheiben wunderbare Vorhänge gestickt, und das vom Schnee zurückstrahlende Mondlicht breitete sich im ganzen Zimmer aus und übergoss alles mit seinem milden Schein; es verlieh dem Reif an den Wänden den Glanz unzähliger Sterne, sodass sie wie in einem lauen Himmel ausgestreckt lagen. Mehrere Male liebte er seine Frau, und als er einschlief, lag seine Hand auf ihrer Brust.

Das erste Licht der Morgenröte, das Festgeläut der Glocken und die Menschengruppen, die sich aus der Umgebung ins Dorf begaben und den Weihnachtshymnus sangen, weckten ihn. Die Strophen kreuzten sich in der glasklaren Luft, und das Lied drang bald laut, bald leise an sein Ohr. Er konnte die Worte nicht verstehen, obwohl er angestrengt lauschte, aber von wo und welche Stimmen ihn erreichten, konnte er sich denken: Es waren die Männer aus Ébene und die Frauen des Bald und der Prudeghar. Er erinnerte sich, wie auch er als Kind auf den Straßen gesungen hatte – der Schnee hatte unter den Schuhnägeln geknirscht. Im Gedächtnis begleitete er die Chöre und sang die Worte des alten Lobliedes mit:

Darnaach viärtansong iahr
az dar Adam hat gavêlt
ist kemmet af disa belt
dar ûnzar libe Gott ...

Gabüart in bintar zait
in armakot, un vrise
z'öxle alloan, mit plise,
un z'esele haltenz barm ...
Oh Gott ba d'allez môghet!
Von eüch beghen ist hûmmel
d'earda, dar gliz, dar tümmel
un Iart gabûart so arm! ...

Nach viertausend Jahren,
seit Adam gefehlt hat,
ist in diese Welt gekommen
unser lieber Gott ...

Geboren zur Winterszeit
in Elend und Kälte,
nur der Ochs mit seinem Atem
und der Esel hielten ihn warm ...
O Gott, der Ihr alles könnt,
aus Eurer Ursach sind der Himmel,
die Erde, der Blitz, der Donner,
und Ihr wurdet so arm geboren! ...

Die Glocken hatten zu läuten aufgehört. Seine Frau stieg aus dem Bett und kleidete sich eilig an, um wie an jedem Morgen des Jahres hinunterzugehen und Feuer zu machen. Sie hörte Petar flüstern, dann die Tür öffnen und schließen, Stimmen unter dem Fenster: Buben und Mädchen, die sich riefen. Und dann sangen sie:

Gasegt an stearn in hûmmel,
drai mann von morgond lantar
in könighe gaväntarn
leghen sich af an bek …

Nachdem sie einen Stern am Himmel gesehen hatten,
machten sich drei Männer aus dem Morgenland
in königlichen Gewändern auf den Weg …

»Aber warum beginnen die Kinder mit dieser Strophe, die zu den letzten gehört?«, fragte er. Und erhob sich.

Für ihn begannen drei Monate, in denen er Geduld haben musste; tagsüber durfte er sich nirgends sehen lassen.

Und ins Dorf gehen? Daran war nicht zu denken. Nur an manchen Abenden ging er nach dem Essen bis zum Stall der Nappa, wo sich die Männer aus der

Umgebung trafen, um ein paar Worte miteinander zu plaudern. Sie sprachen über ihre Erfahrungen bei der Arbeit, über die Saison, über Bekanntschaften, die sie gemacht hatten, als sie in der Welt herumgezogen waren, über die verschiedenen Bräuche bei den Menschen, über die Art der fremden Frauen. Aber als Fremde galten schon die Bewohner der Ebene am Fuß unserer Berge.

Einer, der bei der Eisenbahn gearbeitet hatte, war sogar bis nach Anatolien gekommen und erzählte, dass sie nachts am Ende der Barackenlager große Feuer entzünden mussten, um sich gegen die Wölfe zu schützen, und dass sie dort unter der Aufsicht von Soldaten arbeiteten, weil bulgarische und mazedonische Banditen die Lager überfielen.

Manchmal sangen sie leise die Lieder der Eisenponnar, der Erdarbeiter, welche die Berge einebneten und die Brücken über die Flüsse schlugen, damit die Eisenbahn fahren konnte:

Und am Morgen beim ersten Schein
hört man die Trommeln wirbeln,
es sind die Eisenponnar, die wegziehen,
ciao, mein schönes schwarzhaariges Mädchen,
wenn du mit mir kommen willst.

Und die Frauen, die spannen, antworteten anmutig:

Aber ja, ich werde kommen,
aber wohin wirst du mich führen?
– Ich werde dich irgendwohin übers Meer führen,
in das schöne Haus des Eisenponnar.
Irgendwo am Meer,
das ist so weit weg von zu Hause;
aber ich lasse dich nicht alleine gehen,
denn ich fühle, dass ich vor Sehnsucht sterben würde.

Das Lied erklang süß und leise, während die Spinnräder und die Haspeln wie Bienen summten und die warme Stallluft bewegten, dass man glauben konnte, es wäre Frühling.

Nach diesem Lied gab es immer eine Pause, bis einer, der in Ungarn gewesen war, von den Aushubarbeiten für die unzähligen Bewässerungskanäle und von den Feldbahnwagen erzählte, die von Doppelgespannreihen gezogen wurden. Dabei hatten sie in Ungarn noch Glück, denn dort gab es Pferde, die die Wagen zogen, während sie in Deutschland, wo der Kaiser war, in den Gruben und Bergwerken die Wagen mit der Hand ziehen mussten.

Tönle schlief jetzt nicht immer in seinem Bett. Wenn er am Abend zurückkehrte, stieg er die Sprossenleiter zum Heuboden hinauf: Falls die Zollwächter kämen, wäre es für ihn leicht gewesen, von der Hinterseite des Hauses aus den Wald zu erreichen. Manchmal, wenn vom Laden des Puller irgendeine Warnung kam, stieg er zur Hütte der Pûne hinauf, wo er sich ein schönes Lager im Heu gemacht hatte. Sich in sein Bett mit den Leintüchern und neben seine Frau zu legen, traute er sich nur in tief verschneiten Nächten, wenn die Zollwächter sicherlich keinen Fuß vor die Tür gesetzt hätten, um ihn zu suchen.

Einmal war es geschehen, dass an einem sonnigen Nachmittag, nachdem die Männer aus der Umgebung eine wahre Fronarbeit beendet und die Straßen, die zum Dorf führten, freigeschaufelt hatten, drei Zollwächter und ein Unteroffizier zum Haus heraufgestiegen waren, um sich nach ihm zu erkundigen. (Ob ihnen etwas zu Ohren gekommen war, das auf seine Anwesenheit schließen ließ?) Zum Glück hatte sie Marinle Ballot kommen sehen; er hatte die Kupferkübel genommen und war schnell zum Prunnele gegangen und von da zum Haus der Bintarn, um sie zu warnen. Tönle war es rechtzeitig gelungen, das Haus in Ruhe durch die Hintertür zu verlassen; er folgte den Schlittenspuren und konnte in den Wald flüchten, in die übliche Höhle, wo weder Schnee noch Zollwächter hinkamen und von wo er alles beobachten konnte, ohne selbst gesehen zu werden. Die Kinder sagten nichts, und auch die Bewohner in der Umgebung schwiegen.

Noch einmal kamen Carabinieri, und eines Nachts ließen sie alle aufstehen und durchstöberten das Haus wie das erste Mal.

Aber schon ging der Winter dem Ende zu: Die Tage waren länger geworden, die Finken begannen die ersten Liebesrufe zu üben und die Fichtenkreuzschnäbel die Nester zu bauen. Die Sonne hatte schon Kraft genug, den Schnee auf den Dächern zum Schmelzen zu bringen, vom Stroh tröpfelte das Wasser, das in der Nacht zu glänzenden dicken Eiskerzen wurde, die eine Girlande entlang des Dachvorsprungs auf der Südseite bildeten.

An den letzten drei Abenden im Februar gingen die Kinder, wie der alte Brauch es wollte, hinaus, um mit Glocken den Frühling zu rufen: Auch sie hatten vom Schnee genug, von den langen Abenden, vom Eingeschlossensein, und wie die Vögel und Rehe warteten sie sehnsüchtig auf das grüne Gras und auf die langen Tage, wenn die Sonne hoch am Himmel stand. Wenn die Alten die Aschehaufen im Herd sahen und wie wenig Holz in der Kammer noch war, sagten sie: »Auch dieser Winter ist vorbeigegangen«; nach Sonnenuntergang gingen sie hinaus ins Freie, um die Feuer auf den Gipfeln des Moor und des Spilleche anzuschauen: Es waren die Feuer, die den Winter verbrannten und den Zugvögeln den Weg nach Norden wiesen. Sie lauschten erfreut den Kindern, die barfuß über die Wiesen, die noch stellenweise mit Schnee bedeckt waren, und über die Straßen, welche die Häuser verbanden, liefen. Dabei sangen sie:

Scella, scella mearzo,
snea dehin,
gras dehear
alle de dillen lear.
Az der kucko kuck
pluut der balt;
ber lange lebet
sterbet alt!

Läute, läute, März,
weg mit dem Schnee,
her mit den Blumen,
alle Heustadel sind leer.
Wenn der Kuckuck schreit,
blüht der Wald.
Wer lang lebt,
stirbt alt.

Als die Kalanderlerchen über den sonnenüberfluteten Bergterrassen zu singen begannen, verließ Tönle abermals sein Haus und ging wieder über die Grenze. Dieses Mal konnte er nicht, wie er gedacht hatte, allein den Handel mit Drucken im Gebiet des Habsburgerreiches aufnehmen: Sein Freund aus der Valsugana war diesen Winter nicht nach Hause zurückgekehrt, und wer weiß, wo er geblieben war, vielleicht in Krakau oder in Kiew, und ihm, der er kein Untertan Franz Josephs war, gaben sie keine Genehmigung als Straßenhändler, auch wenn er dem kaiserlich-königlichen Polizeikommissar in Borgo den Entlassungsschein des Landwehrregiments zeigte. Er hatte weder einen Pass noch eine gültige Arbeitserlaubnis. Sie gaben ihm einen Stempel auf ein altes Arbeitspapier, und er sollte seiner Wege gehen.

Eine Zeit lang arbeitete er in den Wäldern Kärntens beim Holzabrinden und dann bei Bauern in der Steiermark; so vergingen die ersten Frühlingsmonate; das waren die härtesten. Als er eine kleine Summe zusammengespart hatte, wanderte er durch das Burgenland nach Ungarn, wo er schließlich mit einem Pferdezüchter des Heeres einen Vertrag bis Dezember abschloss.

Die Ebene war endlos, und die Grenzen der Weiden bildeten Kanäle und Flüsse; Mittelpunkt des Gestüts war ein Dorf mit wenigen Bäumen, großen Ställen, Tränken und Gärten mit Kürbis und Kohl. Er musste mit ein paar Kameraden die Pferde auf der Weide hüten, Heu mähen und wenden, die Ställe, die Hufschmiede und die Futtermittelvorräte verwalten. Gegen Ende September erschienen im Dorf die kaiserlich-königliche Remontierungskommission und ein Inspektor der Kavallerie.

Sie ließen die Pferde auf einer Koppel zusammentreiben, und die Auswahl dauerte von Montag bis Samstag: Zuchthengste und Zuchtstuten, männliche und weibliche Tiere zum Zureiten, Fohlen zur Aufzucht heraussuchen oder kranke und mit Mängeln behaftete Tiere ausscheiden. Der Tierarzt der Kommission musste auch einen Passgänger für einen Oberst der Honvéds suchen, und Tönle, dem ein wirklich schöner Fuchs aufgefallen war – er hatte sich in diesen Monaten eine bestimmte Erfahrung erworben –, wurde gelobt und erhielt ein schönes Trinkgeld. Damit konnte er an diesem Samstagabend nach Arbeitsschluss fröhlich feiern. Dort, in jenen Dörfern, erschien nach Beendigung der Arbeiten oder am Ende der Saison immer eine Zigeunerkapelle und spielte Csárdás.

Eigentlich war es eine gute Saison gewesen, weniger, was den Lohn betraf – der war ziemlich gering –, sondern weil ihm die Arbeit gefallen hatte, und auch wegen der Feste und Tanzabende am Samstag, wegen des guten Biers und der Leute.

Dieses Jahr besuchte er auf dem Rückweg in Österreich die Bauernfamilie, der er bei der Kartoffelsaat geholfen hatte, und als er sah, dass die Ernte außerordentlich reich und von guter Qualität war, nahm er etwa zehn Kilo als Saatgut mit nach Hause.

Es waren Kartoffeln mit dunkler und glatter Schale, die fast ins Violett ging, und mit weichem und dichtem Fruchtfleisch, die sich, wie die Bauern versicherten, wenn sie auch sonst keine hervorragenden Eigenschaften hatten, lange hielten und gegen Frost unempfindlich waren: Im Frühling keimten sie nicht und hielten ohne Weiteres von einer Ernte bis zur anderen.

An diesem Weihnachtsabend kam er mit wenigen Silbergulden nach Hause, dafür aber mit einer Kartoffelsorte, die dann für viele, viele Jahre gute Ernte brachte und in unseren Bergen Verbreitung fand.

2

Die Zeit verging, und einmal fand er sich in Prag wieder. Und er erinnerte sich, dass einer seiner Landsleute, Andrea Raconat, der Sohn seiner Verwandten Catina Pûne, dort Beamter der Kaiserin Maria Anna Carolina geworden sein sollte; die Frau Ferdinands von Österreich, der einst König von Lombardo-Venetien war, hatte ihn zum Verwalter der kaiserlichen Kellereien ernannt. Tönle zog in der Stadt bei der Polizei Erkundigungen ein, und weil Andrea Raconat die erstgeborene Tochter des Bürgermeisters Sabotka geheiratet hatte, war es für ihn nicht schwer, den Palast zu finden, in dem dieser wohnte.

Er wurde feierlich und freundlich empfangen, und sein Landsmann, der seit 1866 nicht mehr in unsere kleine Heimat zurückgekehrt war und Neuigkeiten nur aus Briefen oder Zeitungen erfahren hatte, wollte vieles über die Verwandten, Freunde, Nachbarn, die öffentliche Verwaltung, die Regierung und die Honoratioren des Dorfes wissen. Er wollte auch, dass Tönle zum Abendessen blieb, an seinem Tisch mit der Gemahlin und den Kindern. Der Beamte verspürte Rührung und Heimweh nach so vielen Jahren, als er den alten Dialekt und die alten Ausdrücke und Namen hörte, die er vergessen geglaubt hatte. Seine Verwandten beobachteten ihn verwundert: Noch nie hatten sie ihn so offenherzig und erregt erlebt.

Nach dem Abendessen zogen sich die beiden in ein Arbeitszimmer des Palastes zurück. Andrea Raconat ließ zwei Flaschen Wein bringen, und sie sprachen lange über ihre Kindheit.

So kam es, dass dieser unser Landsmann seinem entfernten Verwandten Tönle eine gute Arbeit als Gärtner auf der Burg Hradschin, in der Malá Strana, verschaffte. Er hätte dort die ganze Zeit bleiben und fest angestellt werden können – wie man heute sagen würde –, aber als auf die Gärten und Dächer von Prag der erste Schnee fiel, trieb es ihn mit aller Macht nach Hause zurück.

Nicht umsonst heißt in unserer alten Sprache das Wort »Bintarn«: der Winterer.

Eine tiefe Sehnsucht erfasste ihn: die Sehnsucht nach jenem hageren wilden Kirschbaum auf dem Dach und die Sehnsucht danach, was unter den vier Strohdächern vereinigt war; wie es da Kräfte gab, die ihn zwangen, im Frühling wegzugehen, so gab es Kräfte, die ihn am Ende des Herbstes zurückkehren ließen; höhere Mächte, die jeden Willen bezwangen, wie sie beim Wechsel der Jahreszeiten, bei der Wanderung der Vögel, beim Aufsteigen und Niedergehen der Sonne, bei den Mondphasen wirksam werden.

Er erledigte die letzten Arbeiten. Mit trockenen Blättern bedeckte er die Rosenbeete, schnitt die Stängel der Dauerblumen ab, hob die Dahlienknollen aus der Erde und legte sie in den Keller, grub den Mist in die Beete ein und kehrte die Wege. Er verabschiedete sich vom Obergärtner, vom Oberaufseher des Schlosses und ging in die Stadt hinunter, um seinem Landsmann Lebewohl zu sagen.

Auch an diesem Dezemberabend musste er beim Vorsteher der kaiserlichen Kellereien zum Abendessen bleiben, der ihn noch einmal im Kreise seiner Familie haben wollte; als sie sich verabschiedeten, lag auf seinem Gesicht eine tiefe Sehnsucht. »Grüß mir alle Verwandten meiner Mutter«, legte er ihm ans Herz, »und unser Dorf und den Moor.«

In diesen Worten lag die ganze Erinnerung an die glücklichen Kindheitsspiele und an die Jugend, an die Freudenfeuer im Frühling, an die Nestersuche in den Wäldern, an die Schlittenfahrten auf dem Eis.

Tönle machte sich wieder auf den Heimweg, und weil er spät dran war und ein hübsches Sümmchen gespart hatte, fuhr er dieses Mal – um die Reise zu verkürzen –, anstatt sich zu Fuß auf den Weg zu machen, mit der Eisenbahn, die ihn in nur drei Tagen nach Trient brachte.

Beim Dezembervollmond ging er über die

Schmugglerpässe, wo sich noch nicht viel Schnee angesammelt hatte; nachdem er die Grenze hinter sich gelassen hatte, ging er noch vier Stunden, bis er den Kirschbaum auf dem Dach wiedersah.

Die alte Mutter war im September gestorben, am Tag des Schutzpatrons, des heiligen Matthäus. Und er erinnerte sich, dass ihn gerade an diesem Tag, dem einundzwanzigsten, eine seltsame Traurigkeit – wie ein schwermütiges Unbehagen – ergriffen hatte und dass er im Schlosspark alleine unter den großen Bäumen geblieben war, die sich schon rot zu färben begannen, und dass er weder essen noch trinken wollte: Es war eine sanfte Unruhe in ihm gewesen, die manchmal auch Tiere überfällt.

Die Jahreszeiten gingen und kamen. Von der Schneeschmelze bis zum nächsten Schnee wanderte er durch die habsburgischen Länder und Staaten und arbeitete, wo sich die Gelegenheit bot, manchmal zu gutem, manchmal zu weniger gutem Lohn. Im Winter hielt er sich im Haus versteckt oder irgendwo in der Umgebung, im Wald, wo er Holz machte, oder in irgendeiner Hütte, um nicht von den Zollwächtern überrascht zu werden, die ihn noch immer auf ihrer Liste hatten und ihn festnehmen wollten, damit er die vier Jahre Gefängnis abbüßte. Zu Beginn des Winters, gegen Weihnachten, kehrte er immer wieder in den ersten Nachtstunden oder nachdem der Abend den Kirschbaum auf dem Strohdach ins Dunkel gehüllt hatte, nach Hause zurück. Wenn er durch die Haustür getreten war, fand er einen neuen Sohn oder eine neue Tochter vor, zum Hohn des Standesamtes, weil die Kinder mit seinem Familiennamen eingetragen wurden. Aber der Erzpriester machte kurzen Prozess: Wenn die Zollwächter des Königs es nicht fertigbrachten, den Vater zu verhaften, der angeblich als Flüchtling jenseits der Grenze lebte, konnte man annehmen, dass seine Frau Kinder von ihm empfing.

Inzwischen zeichnete die Zeit die Gesichter der Verwandten und Freunde; neue Dinge geschahen, und neue Ideen gingen auch bei den Leuten in unseren Dörfern um. Es gab schon viele, die jenseits der Staatsgrenze arbeiteten; sie machten sich im Frühling, mit ihrem Handwerkszeug im Schubkarren, in Gruppen auf den Weg und gingen zu Fuß durch das Asstal und ins Menador, bis Trient, wo jeder, der Geld hatte, auch den Zug nehmen konnte. Manchmal begleiteten diese Gruppen auch Jungen, die gerade die Volksschule beendet hatten, und die Zollwächter der einen und der anderen Seite ließen sie an der Grenze von Termine ohne irgendeine Formalität passieren; sie fragten höchstens, ob sie den Taufschein in der Tasche hätten.

Aber wem es gelang, in Preußen oder Österreich-Ungarn Arbeit zu finden und das nötige Geld für das Schiff zusammenzubringen, der wanderte nach Amerika aus. Da drüben, schrieben sie, war alles ganz anders: Arbeit gab es immer, und der Lohn war höher als in irgendeinem anderen Land.

Man begann von »socialismo« zu sprechen, von Arbeitervereinen und Handwerkergenossenschaften. Wer nicht den Mut hatte, das Wort »socialismo« auszusprechen, sagte oder schrieb »socialità«, und kurioserweise wurden die Nutznießer der Gemeindegüter, das heißt alle in unseren Gemeinden Ansässigen, »comunisti« genannt, auch auf den amtlichen Papieren.

Auch in unserem Land, wo seit Jahrhunderten die Leiter der öffentlichen Verwaltung vom Volk gewählt wurden, entstanden zwei Parteien; hinter den Bezeichnungen »progressisti« und »moderati« verbargen sich jedoch in Wirklichkeit die Interessen einiger angesehener Familien. So kam es zu dem, was in den achthundert Jahren selbstständiger Verwaltung nie vorgekommen war: Es gab Uneinigkeit, Streit, Klagen, Flucht ins Ausland; und es wurden Priester und Selbstständige, Proletarier und Handwerker hineingezogen; es gab welche, die machten mit den Wählerstimmen Geschäfte, und solche, die mit den Auswanderern spekulierten. Die Dokumentation dieser bewegten Zeit ist den wenigen Nummern einer kleinen Wochenzeitschrift zu verdanken, die zehn Centesimi kostete und von einem Volksschullehrer fast zur Gänze geschrieben und gedruckt wurde, der sich eines schönen Tages wegen seiner Artikel auf dem Dampfschiff Sirio der Gesellschaft Florio-Rubattino nach Argentinien einschiffen musste.

Richtete die gemäßigte Partei die Wohlfahrtskasse ein, so rief die fortschrittliche Partei eine Arbeitergemeinschaft ins Leben, und wenn die einen eine Blasmusikkapelle mit roten Kappen aufstellten, so gründeten die anderen eine Blasmusikkapelle mit grünen Kappen und einer Fasanenfeder; wenn die einen für Garibaldi oder Porta Pia spielten, dann spielten die anderen auf die Verfassung oder zum Geburtstag von Königin Margherita.

Inzwischen war zur Krise der Heimspinnerei und -weberei (es waren die großen Fabriken von Schio entstanden) die handwerkliche Herstellung von Holzschachteln für den Gebrauch in der Pharmazie und Parfümerie hinzugekommen, wo Jungen und Mädchen zwischen zehn und fünfzehn Jahren in zehn Stunden durchschnittlich sechzig Centesimi am Tag verdienen konnten.

Bei dieser freien Zeitung, von der ich sprach, trafen auch Briefe wie die folgenden ein, die sicher vom Direktor durchgesehen worden waren:

Ich bin mit einigen Landsleuten in einem Bergwerk, in einem, welches das ertragreichste in ganz

Preußen und vielleicht in ganz Europa ist. Unter diesem Hügel arbeiten ungefähr achthundert Männer. Meine Arbeit ist gut, aber so gefährlich, dass ich nie vorsichtig genug sein kann, um ein Unheil abzuwenden. (...) Um vier Uhr früh muss ich mich auf den Weg machen und vierzig Minuten lang bis ins Innere des Berges gehen: Bevor ich zu meiner Arbeit komme, muss ich 2300 Meter vom Fuß des Berges an gehen. (...) Zehn Stunden kann ich nicht hinaus, und danach bin ich vom Zuvielarbeiten und der schlechten Luft, die man da unten einatmen muss, schwach und erschöpft. Wie viele Junge zwischen zwanzig und dreißig Jahren sehen aus, als wären sie fünfzig! Fast alle, die da drinnen arbeiten. Zur schlechten Luft kommt noch etwas, was für den Körper ungesund ist: die Lampe, die, wenn sie angezündet ist, Rauch abgibt, der in den Bauch kommt, und wenn man kein Abführmittel nimmt, muss man bald weggehen oder sterben. Ich ertrage es – Gott sei Dank –, und meine Landsmänner auch; aber man sieht viele, die erledigt sind.
Ein anderer Bergmann schreibt aus Algringen: ... *Ich arbeite ungefähr tausend Meter drinnen im Berg. Am Morgen gehe ich um fünf von zu Hause weg und bitte Gott, dass er mich vor der Gefahr beschützt. Ich betrete den Stollen und arbeite den ganzen Tag unter größter Anstrengung bis um fünf oder sechs am Abend. Dann kehre ich in meine*

Unterkunft zurück und bin vollauf zufrieden, dass ich mir im Laufe des Tages fünf Lire verdient habe, manchmal mehr, manchmal auch weniger …

Im Winter diskutierten Bergleute und Eisenponnar in den Gasthäusern im Hauptort über diese Zustände und tranken Wein dabei. Tönle Bintarn, der sich natürlich nicht bei ihnen sehen lassen konnte, hatte sich dann irgendwo in der Gegend verkrochen, und an manchen Abenden sprach er in den Ställen leise vom Kommunistischen Manifest, das er in deutscher Sprache in dem Jahr gelesen hatte, als er im Bergwerk von Hayngen gearbeitet hatte.

In jenen Jahren schlugen sich auch gewisse wohlhabende Landsleute – gewiss noch nicht reich, aber sicher schlau – auf die Seite der Arbeiterpartei der Rotkappen und brachten das Volk dahin, die Gemeindegüter »tolbar« zu machen, das heißt, den gesamten Besitz an Wald, Weide und Feldern an alle aufzuteilen.

Das Ziel der Aufwiegler war eindeutig; wenn einmal das große Gemeindevermögen aufgeteilt war, wäre es leicht, die einstigen Gemeindegüter den hungrigen, proletarischen Auswanderern billig abzukaufen, im Austausch mit Gerste, Mehl oder Käse. Gegen diese falschen »Fortschrittlichen«, welche die Rotkappen unterstützten, stellten sich die »Malve«, das heißt die Konservativen, die schon einen gewissen Fortschritt wie Schulen für alle, den Telegraphen und Beleuchtung akzeptierten, die aber auch mit ängstlichem Argwohn die Unruhe in den armen Schichten beobachteten. Zwischen den einen und den anderen jedoch hatten das leichteste Spiel die Unternehmer, welche die Arbeiten für die militärischen Befestigungsanlagen vergaben.

Inzwischen war auch das neue Jahrhundert, das zwanzigste, gekommen, und im Dorf gab es ein großes Fest. Die freiwillige Feuerwehr war unter dem Kommando des Vitadoro vollzählig aufgeboten, und nachdem sie Leitern, Pumpen, Lanzen und Schläuche blitzblank geputzt und ausprobiert hatten, legten sie die Gala-Uniform an. Als sie an diesem Nachmittag ins Zentrum marschierten, eilten ihnen Scharen von fröhlichen Jungen und Mädchen voraus, Glockengeläut und das Getrappel der sechs Pferde, die alle keck herausgeputzt waren und die Wagen mit den Geräten zogen. Auf die langen und kurzen Pfiffe des schnurrbärtigen Kommandanten und auf seine scharfen Kommandos, die wie Peitschenhiebe knallten, schnellten die Freiwilligen los und bewaffneten die Spritzen mit den Schläuchen, probierten die Handpumpen aus, die das Wasser aus dem Pach herausfischten, und schließlich richteten sie – unter der staunenden Bewunderung der Anwesenden und der Angst der jungen Mädchen – die langen beweglichen Leitern auf und lehnten sie an die höchsten Häuser unseres Zentrums, denn man fürchtete, dass die Feuerwerkskörper, die von der Gaiga mitten in die Nacht geschossen werden sollten, die Dächer aus Stroh und Holz entzünden und alles zerstören könnten. Als endlich die Übung unter vielen Oh! und Achtung! und von Kommentaren begleitet, beendet war, betraten alle die Osteria della Faiona, wo der Bürgermeister so viel Wein bestellte, dass jeder beinahe so viel trinken konnte, wie er wollte.

Die Blasmusikkapelle, die als erste im Dorf eintraf, war die Kapelle der Alpini, die, gleich nachdem sie das 5-Uhr-Essen gefasst hatte, abmarschiert war, und alle Kinder, die beim Tor auf die Reste der »besonderen Verpflegung« dieses Tages gewartet hatten, schlossen sich ihnen an und schlugen den Rhythmus des Marsches auf Blechdosen, die sie noch schnell geputzt hatten. Kurz danach kam die Kapelle der Barete Rosse, aber die Musikanten ließen, schon ziemlich angeheitert, falsche Töne hören; sie kamen vom äußersten Ende unseres lang gestreckten Dorfes, und in jeder Osteria hatten sie haltgemacht, um ihre Lippen zu befeuchten, sodass sie jetzt schon Mühe hatten, das Mundstück zu finden. Die Dorfkapelle und die Banda Mora hatten jedoch ein ernstes Programm, sie brachten Verdi und Puccini; die zwei Hauptblasinstrumente, Tenor und Sopran, spielten sich im Duett – aus den Fenstern der beiden Häuser an den äußersten Enden der Piazza – zu. Und die Leute applaudierten und verlangten eine Zugabe von den zwei Spielern mit den mächtigen Lungen.

Ganze Mannschaften von Jungen vergnügten sich mit Schneeballwerfen, sogar auf die Guardia Frello, die schon seit dem frühen Morgen nach Grappa stank. Die Mädchen dagegen ließen sich, wenn auch unter spitzen Schreien, Grimassen und Getue, Hände voll Schnee von den Burschen in den Ausschnitt stecken, die draufgängerisch waren und auf diese Gelegenheit gewartet hatten.

Von der Trattoria alla Torre zum Caffè al Mondo; zum Aquila Imperiale, Circolo Alpino, zur Croce Bianca, und in allen Gasthäusern war ein fröhliches Kommen und Gehen, ein Sichrufen, ein Einer-den-andern-zum-Essen-und-Trinken-Einladen, wie es noch nie auf einem Fest stattgefunden hatte.

Um Mitternacht sang die Schola Cantorum der Pfarrei bei der feierlichen Messe den Chor von Maestro Perosi, »Al Signor levate, o genti …« (»Hebt, o Menschen, empor zum Herrn …«), und später, als das ganze Volk, die Vertreter der Behörden, die Offiziere und Alpini der Garnison wieder auf die Straßen und Plätze strömten, gab man das Startzeichen für das große Feuerwerk auf der Gaiga, das alle Hunde in der Umgebung und die Meisen, Gimpel und Drosseln in den Häusern der Vogelsteller erschreckte.

Aber Tönle konnte nicht mit den anderen aus dem Dorf zusammen sein. Warum hätte er sich ausgerechnet in dieser Nacht, in der es hoch herging, verhaften lassen sollen? Warum aber durfte gerade er nicht an dem Fest teilnehmen, von dem man so viel an den langen Abenden gesprochen hatte, die von der kleinen Lampe erhellt waren, während die Spinnräder und Haspeln surrten? Am Nachmittag war er auf den Monte Katz gestiegen und hatte einen großen Haufen trockener Zweige, die er vom unteren Stamm der Bäume abgeschnitten hatte, vom Wald des Gharto bis kurz unterhalb des Kreuzes über den Schnee geschleppt; dann setzte er sich auf einen Baumstamm vor der Hütte der Runz und wartete auf das große Ereignis. Von da oben hörte er, wie die Blasmusikkapellen mit aller Kraft spielten, und das Stimmengewirr der Leute. Erst nach dem Lichtzauber und nachdem das Echo der Feuerwerksschläge in den Bergen verklungen war und die Hunde zu bellen aufgehört hatten, entzündete er sein einsames Feuer und nahm einen Schluck Grappa aus einer kleinen Flasche, die er mit heraufgebracht hatte. Unten im Dorf bemerkte mehr als einer sein Feuer, und die aus unserer Nachbarschaft, die hinuntergegangen waren, um mit den anderen zu feiern, zwinkerten sich fröhlich zu.

Aber so, wie er die berühmte Nacht von 1900 nicht mit den Leuten und Verwandten hatte verbringen können, so konnte er auch nicht einige Monate später die Hochzeit einer seiner Töchter mitfeiern, die einen Camplàn der Bôrtoni heiratete. Es gab zu Mittag frisches Brot, Schokolade, Milch und sogar Kalbsschmorbraten mit Polenta (aber dieses Gericht war nur für die Erwachsenen). Er hatte sie mit einer kleinen Mitgift in Silbertalern verheiratet, die Aussteuer war zur Gänze im Haus gesponnen und gewoben worden und hatte nicht wenige Opfer gekostet, denn drei Winter lang war Stück für Stück in die Kisten gelegt worden, anstatt sie zu den Stern zu bringen und gegen andere Waren einzutauschen.

Es war im Jahr 1904, dass sich auch unser Bintarn endlich auf den Straßen, Feldern und in den Wäldern sehen lassen konnte, ohne Angst haben zu müssen, dass er von den Zollwächtern oder Carabinieri verhaftet wurde. In diesem Jahr kam im Herrscherhaus der Erbprinz zur Welt, und aus diesem Anlass wurden eine Amnestie und ein Strafnachlass gewährt.

Der Anwalt Bischofar erledigte die Angelegenheit sorgfältig, und mithilfe von einflussreichen Freunden gelang es ihm in kurzer Zeit, die Sache zu einem guten Ende zu bringen. Welch ein Aufatmen – endlich! Die Frau von unserem Tönle brachte dem Anwalt sofort ein Dutzend frische Eier und eine Tasche Feldlöwenzahn. »Wenn mein Mann für den Winter zurückkehrt«, sagte sie, »wird er selbst kommen, um es ihnen auf irgendeine Weise zu entgelten.«

Um die Wahrheit zu sagen: Er war nun nicht mehr in dem Alter, da er draußen in der Welt umherziehen und arbeiten konnte. Auch seine Söhne waren Männer geworden, und drei arbeiteten auf den Befestigungsanlagen, die der Staat entlang der Grenze als Gegenstück zu jenen errichtete, die Marschall Conrad auf der anderen Seite fast schon beendet hatte. Schon seit einiger Zeit waren die Kaserne Hinterknotto, wo Alpini des Bataillons Bassano in Garnison waren, und die Befestigungsanlagen Rastach und Laita fertig, und man hatte bei den Festungswerken Lisser, Verena und Campolongo mitgeholfen; aber wenn auch bei diesen Befestigungsanlagen viele Handlanger, Bergleute und Zimmerleute Arbeit fanden, so gab es noch immer viele Landsleute, die in der guten Jahreszeit lieber über die Tiroler Alpen gingen; und es waren trotzdem immer noch viele, die übers Meer, nach Australien oder Nord- und Südamerika, fuhren.

Bintarn, der mit den Ersparnissen aus vielen merkwürdigen Arbeiten und aus vielen Jahren die kleine Herde vergrößert hatte, brachte nun seine vierzig Schafe von Mai bis Oktober auf die Weide; manchmal gegen die Vorschriften der Forstaufseher, wenn er die Tiere heimlich auf irgendeiner Lichtung die Grenze der Gemeindewälder überschreiten ließ; dabei musste er sehr achtgeben, dass er nicht – nach allem, was vorgefallen war – angezeigt wurde, aber die Waldhüter, die das wussten, taten meistens so, als würden sie nichts sehen.

Wenn er mit der Herde umherzog, kam es oft vor, dass er Doktor Paul traf, E. von Paul, einen österreichischen Wissenschaftler, der sich für Botanik, Geologie, Sprachforschung und Geschichte interessierte; er verbrachte schon ein paar Sommer in unserer Gegend und nahm immer in einem Hotel des Ortes ein Zimmer, wo auch Regierungsangestellte und Offiziere des königlichen Heeres ihre Unterkunft hatten.

Doktor Paul, den alle kannten und der von allen hoch geachtet wurde, wanderte unermüdlich in unseren Bergen umher, und wenn er Bintarn traf, blieb er mit wohlwollendem Interesse bei ihm stehen; er suchte ihn sogar, wenn er wusste, dass er sich in seiner Nähe befand. Er bat ihn stets, mit ihm nicht deutsch, böhmisch oder venezianisch zu sprechen, sondern in unserem uralten Dialekt, auch wenn er von vielen Wörtern nicht nur nicht die Bedeutung verstand – und um die Übersetzung in andere Sprachen bat –, sondern auch die Herkunft der Wörter nicht erklären konnte; und so wunderte sich Doktor Paul oft, wie alt manche Wörter waren. Dieser Gelehrte wollte auch wissen, wo die wenigen Quellen in unseren Bergen waren (bekanntlich hält ein kalkhaltiger Grund das Wasser nicht an der Oberfläche, und unsere karstigen Berge sind wie ein Sieb; die großen Quellen sind unten, am Fuß der großen Terrassen, in der Valsugana oder in der Venetischen Ebene). Außerdem fragte Doktor Paul auch nach allen Wegen und Pfaden und wollte sie kennenlernen. Er marschierte den ganzen Tag mit seinem Rucksack und dem Alpenstock, und manchmal verirrte er sich auf den Köhlerpfaden, die sich im Gewirr der Latschen verzweigten.

Eines Tages im September 1913, als die Herden von den Vezzene über die Grenzen kamen und nach Italien zurückkehrten, um dann wieder in die Ebene hinunterzusteigen, überschritt auch Doktor E. von Paul, der durch seine offenherzige Art viele Freunde unter unseren Landsleuten und Offizieren gewonnen hatte, wieder die Grenze und kehrte nach Österreich zurück. Sein Freund, Nicola Parènt, der ein selten geschickter Meister im Holzschnitzen und ein friedliebender Mann war – wenn es je einen gegeben hat, dann war er es –, begleitete ihn bis zum Schlagbaum. Sie verabschiedeten sich mit inniger Herzlichkeit, nachdem sie vor den Augen der Wachen eine Flasche Pilsner in der Osteria del Termine getrunken hatten.

Nach einer bestimmten Zeit ging in der Gegend das Gerücht um, dass der liebenswürdige und sympathische Doktor Paul nichts anderes als ein Offizier der kaiserlich-königlichen Artillerie war, der in seinem scheinbar so harmlosen Rucksack Skizzen und Fotografien von Befestigungsanlagen, Bergen, Straßen und Quellen gehabt hätte.

3

Am 28. Juni 1914 fielen die Pistolenschüsse in Sarajewo, aber zu Tönle gelangte die Nachricht erst mehr als einen Monat später durch einen Köhler. Er wollte gerade mit den Schafen zum Zingarellenbeck gehen, und der Köhler wollte bei der Grotta della Capra Latschen schneiden; sie waren bei der kleinen Quelle stehen geblieben, um von dem kühlen Wasser zu trinken, das zwischen den Felsschichten hervortrat.

»Ich habe unten im Dorf gehört, in der Osteria della Faiona«, sagte der Köhler, »dass sie in Serbien den Sohn Franz Josephs ermordet haben. Es soll auch Krieg mit Frankreich und Russland ausgebrochen sein.«

»Den Sohn von Franz Joseph?«, fragte Tönle. »Aber der ist doch im Jahr neunundachtzig in Mayerling gestorben; damals habe ich in dieser Gegend gearbeitet, ich erinnere mich. Und er hieß Rudolf. Vielleicht haben sie den Erzherzog Franz Ferdinand ermordet, den Thronerben.«

»Ja, den«, bestätigte der Köhler. »Mit seiner Frau – sagen sie in der Osteria.«

Auch wenn Tönle nicht zur Schule gegangen war, hatte er doch lesen und rechnen gelernt, so viel er brauchte. Er konnte sich in drei oder vier Sprachen verständigen. Außerdem hatte er immer eine Leidenschaft für Geschichte gehabt, wenigstens für die Geschichte der Länder, in die ihn die Notwendigkeiten des Lebens jedes Jahr getrieben hatten, und in Ungarn, Österreich, Böhmen, Bayern, Schlesien oder Galizien hatte er an geselligen Abenden viel beim Zuhören gelernt.

Er erläuterte nun dem Köhler: »Es wird Österreich-Ungarn sein, das den Krieg an Serbien erklärt hat, und daher wird Russland wegen der Balkanfrage Österreich-Ungarn den Krieg erklärt haben; dann wird Deutschland gegen Russland Krieg führen und Frankreich gegen Deutschland. Aber wir sind mit Österreich und Deutschland im Dreierbund …«

So sprachen sie, während die Schafe das junge Gras abrupften, Wasser aus der Felsspalte quoll und die Ringdrosseln zwischen den Latschen hin und her flogen.

Als der Köhler auf dem Pfad zum Snealoch hinauf verschwunden war, setzte sich Tönle auf einen Stein in die Sonne und zündete sich eine Pfeife an. Während er mit den Augen den Schafen folgte, waren seine Gedanken ganz woanders. Er erinnerte sich, wie er vor vielen Jahren unter dem Kommando des

Majors von Fabini in der Kaserne von Budweis und später – als die Regierung gewechselt hatte – noch einmal unter Oberst Nicola Heusch in der Kaserne dei Paloni in Verona in Reih und Glied marschiert war.

Aber wie seltsam, dachte er, unter Österreich hatte ich einen Kommandanten mit italienischem Namen und unter Italien einen mit österreichischem Namen. Während er seine Pfeife rauchte und noch immer nachdachte, kam er zu dem Schluss, dass das gar nicht so merkwürdig war: Die Herren, ob in Italien oder in Österreich, blieben immer die Herren, und für die armen Leute änderte sich nichts, gleichgültig ob der eine oder der andere kommandierte. Ging es ans Arbeiten, traf es immer die armen Leute, oder wenn man Soldaten brauchte und es ums Sterben im Krieg ging. Aber vielleicht wird in Deutschland die proletarische Revolution kommen, wie es Marx im »Manifest«, das er zusammen mit Bergleuten gelesen hatte, erklärte. In welchem Jahr war das gewesen? Vielleicht 1890. Sicher würden sie ihn nicht in den Krieg schicken. Aber wen dann? Von Fabini oder Cavalier Heusch? Seine Söhne, die hiergeblieben waren? Ja, die würde man einziehen. In der Ferne sah er Alpini, die langsam, einer hinter dem anderen, auf dem Kamm des Kempel marschierten; bei ihnen musste auch sein Sohn Matío sein, der seinen Wehrdienst beim Bataillon Bassano ableistete.

In diesem Sommer nahmen an den Manövern auf unseren Bergen nicht nur Alpini aus der Garnison teil, die ihre Batterien mit Lasttieren hinaufbefördert hatten, sondern es kamen auch andere Abteilungen, wenn auch unauffällig. An den Waldrändern erhoben sich Lager, rauchten die Feldküchen. Jeden Tag machten die Scharfschützen auf dem Schießplatz des Petareitle ihre Übungen, und die Pioniere notierten die Treffer, die jeder auf der Zielscheibe erreicht hatte. Die Frauen und Mädchen gingen von jetzt ab immer in Gruppen, wenn sie Holz machen oder auf den Feldern arbeiten mussten, denn die neapolitanischen Soldaten, so sagte man (und damit meinten sie alle Soldaten aus der Toskana und weiter südlich), waren ziemlich angriffslustig. Aber es stimmt schon, dass überall mit Wasser gekocht wird, und so gab es auch welche, die abends die Lager suchen gingen.

Es kam auch viel Geld in Umlauf, denn durch die Versorgung des Heeres, die Rückkehr so vieler Eisenponnar durch den Krieg, die Straßen- und Befestigungsarbeiten, die Wäschereien, den Handel und den Geldwechsel war überall eine Hochstimmung aufgekommen; die Gasthäuser, die Hotels mit elektrischer Klingel und das Lichtspieltheater Eden waren immer voll, und bis spät in die Nacht – oder bis zum Morgen, je nachdem – hörte man Lieder und Geschrei, Scherze und Streitereien. Gegen diesen Übermut, diese moralische Verderbtheit schleuderte der alte und weißhaarige Erzpriester, der im Jahr 1848 gegen die Österreicher gekämpft hatte, Bannflüche von der Kanzel.

Aber Tönle weidete seine Schafe weit weg von allem. In seiner Einsamkeit musste er oft an das denken, was ihm der Köhler erzählt und was ihn das Leben gelehrt hatte. Und vielleicht konnte er die Dinge und Ereignisse, die sich um ihn herum zutrugen – war es die Einsamkeit? Waren es die Berge? –, in einem großen geschichtlichen Zusammenhang sehen, der den meisten entglitt, weil sie darin versunken waren.

Eines Tages sah er – er war mit seiner Herde auf dem Boalgrüne –, wie eine Patrouille Soldaten zu ihm heraufstieg und schon von Weitem in seine Richtung zu rufen und mit den Armen zu deuten begann. Er rührte sich nicht von seinem Platz, sondern erhob sich nur, um sie besser beobachten zu können. Sie liefen durch die Schafherde, dem Hund sträubten sich die Nackenhaare, er knurrte dumpf. Tönle rief ihn leise zu sich und wartete, ohne eine Miene zu verziehen.

Der Offizier trat an die Spitze der Patrouille. Er war verschwitzt und hatte die Jacke am Hals aufgeknöpft, wo vorschriftsmäßig die weiße Binde aufleuchtete. Als er vor ihm stand, nahm er die Kappe ab und trocknete sich die Stirn. An den Abzeichen erkannte Tönle, dass er ein Oberleutnant der Feldartillerie war. Die Soldaten standen schweigend um ihn herum, und Tönle wartete, dass er sprach. Endlich sagte der Offizier, dass er morgen mitsamt den Schafen das Gebiet räumen und in den Wald des Dhorbellele hinuntergehen müsse, denn hier würden sie scharf schießen.

Auf den Einwand von Tönle, dass im Wald des Dhorbellele das Weiden der Schafe verboten war, erwiderte der Oberleutnant, dass sie sich mit den Förstern und dem Herrn Bürgermeister schon geeinigt hätten und dass er daher ruhig dorthin gehen könne. Tönle murmelte etwas vor sich hin, als wolle er einen Gedanken äußern, er war überzeugt, dass Unabwendbares bevorstand: Wenn es erlaubt wurde, die Schafe in einem verbotenen Wald zu weiden, und wenn die Soldaten mit Kanonen auf den Schafwiesen schossen, war jede Vernunft über den Haufen geworfen. Und wenn dann diese Dinge hier an der Grenze zu Österreich, mit dem man im Bündnis war, geschahen, musste man annehmen, dass stürmische Zeiten heraufzogen. Das alles murmelte er in einer für die Soldaten unverständlichen Sprache. Nur einer von ihnen sagte laut: »Was sagt der alte Grobian?« Vielleicht wollte der Oberleutnant etwas hinzufügen, aber der spöttische und harte Blick Tönles hielt ihn davon ab.

Die Soldaten blieben eine halbe Stunde bei ihm oben und verzehrten ihr Kommissbrot mit Fleisch aus Büchsen. Der Oberleutnant fragte, ob er ihm ein Lamm für die Offizierstafel verkaufen wolle, worauf er antwortete, die Lämmer seien geboren worden, um zu wachsen, Junge zu werfen und Wolle zu geben, und nicht, um von Offizieren gegessen zu werden. Ein Soldat, der bis dahin immer ruhig geblieben war, wartete, bis die anderen sich entfernt hatten und fragte ihn dann über die Schafe aus: Wie viele er besaß, wie viele Lämmer, wie lange er hier oben blieb, wo gutes Gras wuchs, wann Schnee fallen werde.

Er stellte dann fest, dass diese Schafe dicker und kräftiger als in seiner Heimat waren, dass ihre Wolle dichter war, und auch, dass ihre Euter nicht so entwickelt waren. Ob er sie vielleicht nicht molk? Nachdem Tönle alle Fragen beantwortet hatte, sagte er, dass er in seinem Dorf auch Hirt gewesen war, jenseits des Meeres, in Sardinien, und dass er nicht gern Soldat sei.

Die anderen Kameraden hatten in der Zwischenzeit weiter unten haltgemacht und riefen ihn nun laut; er verabschiedete sich daher von dem Alten und neigte dabei den Kopf wie bei einer Verbeugung. Dann lief er in Richtung Tal.

Dass der Krieg begonnen hatte, erfuhr er eines Tages von zweien aus dem Dorf, von Stefano und Toni Haus, die auf die Hahnenjagd zu ihm heraufgekommen waren. Diese beiden Jäger kannte er gut, denn seit Jahren kamen sie jeden Herbst und wollten von ihm wissen, wo die Nester waren, und so rauchten sie immer Pfeife zusammen und wechselten ein paar Worte miteinander. Außerdem waren sie nicht wie jene Grafen aus Venedig, die in weißen Baumwollhandschuhen und mit einem schwarzen Diener, der ihnen Rucksack und Gewehr trug, auf die Jagd kamen. Die Grafen ließen sich das Gewehr geben, sobald die Hunde vorstanden, und nachdem sie geschossen hatten, gaben sie es dem Diener zurück. Er hatte sie einige Male dabei beobachtet, und das alles passte ihm nicht; darum trachtete er, von ihnen nicht gesehen zu werden, auch wenn sie ihm einmal, als Schnee gefallen war und sie in seiner Hütte Zuflucht gesucht hatten, zwei Silberlire für Holz, das sie verbraucht hatten, dalassen wollten.

Als ihn Stefano und Toni Haus auf der Forcella di Bisen-Stoan trafen, war es noch zeitig am Morgen, und er hatte Feuer gemacht, um sich die Polenta zum Frühstück zu wärmen. Sie erzählten ihm, dass Österreich Serbien den Krieg erklärt hatte und Russland Österreich, Deutschland Russland und Frankreich und England Deutschland. Kurz und gut: Ganz Europa war ein Durcheinander, und fast jeden Tag wurden im Dorf zahlreiche Männer zu den Waffen gerufen.

Tönle hörte schweigend zu, dachte daran, wie er mit dem Köhler und dem Leutnant der Artillerie geredet hatte, dachte an seine Kinder, an den sardischen Hirten und an viele andere, die er kennengelernt hatte, als er arbeitete, ohne sich um Staatsgrenzen zu kümmern.

Auch Stefano und Toni legten ihre Polenta auf die Glut, aber erst, nachdem sie um Erlaubnis gefragt hatten. Sie sprachen über das Wild, fragten, wo die Auerhähne und die weißen Rebhühner zum letzten Mal aufgeflogen wären. Sie aßen; danach zogen sie aus der Tasche die Schweinsblasen mit der Tabakration und rauchten schweigend ihre Pfeifen; sie tranken einen Schluck Wasser.

Tönle klopfte den Pfeifenkopf auf den Handteller und zeigte mit dem Stock auf die Lichtung zwischen den Latschen, wo er dieses Jahr zwei oder drei junge Auerhähne aufgescheucht hatte, und auf den leeren Bach mit Steinen und vertrocknetem Gras, wo er die weißen Rebhühner beim Fressen gesehen hatte.

»Vielleicht«, sagte er dann, als verfolge er keinen bestimmten Gedanken, »fangen die Regierungen in der Angst, dass die Völker erwachen und zu viel Macht erlangen, einen Krieg an.«

»Die Zeitungen schreiben«, antwortete Stefano, »dass Trient und Triest befreit werden müssen und unsere Brüder, die auf der anderen Seite der Grenze sind.«

Tönle schaute über die Bergketten hinweg, welche die Grenze anzeigten, und über seine Schafe, die friedlich weideten; dann schüttelte er den Kopf und antwortete nur: »Wer weiß …«

Sie verabschiedeten sich und versprachen, auf dem Jahrmarkt am Sankt-Matthäus-Tag im Aquila Imperiale zusammen Kuttelsuppe zu essen.

Es ist seit Jahrhunderten der Brauch, dass sich am 21. September Hirten und Senner, Köhler und Holzfäller treffen, um gemeinsam zu feiern. Nach der Messe gehen sie vergnügt zusammen in die Wirtshäuser, kaufen und verkaufen, um für den Winter gerüstet zu sein; sie ziehen die Bilanz über einen abgelaufenen Sommer und stellen Vermutungen über den nächsten an. Aber in diesem Jahr, im Jahr 1914, sprach man weniger über die Geschäfte als über den Krieg und die Neuigkeiten, die jeden Tag mit den Zeitungen das Dorf erreichten. Im Laden des Puller debattierte man kaum über Schmuggel und Zollwächter, sondern über den Balkan, die Meerengen, über Deutschland, Russland, Belgien, und oft wurden Städte genannt, in denen unsere Bergleute und Eisenponnar gearbeitet hatten.

Tönle Bintarn war mit seinen Schafen zu den Gemeindeweiden hinuntergestiegen, auf der Tenne des Gharto hatte er sie geschoren, und am Jahrmarktstag feilschte er mit den Händlern um den Wollpreis und verdiente so viel Geld, wie er sich nie erhofft hatte. Aber das war ihm kein gutes Vorzeichen, denn wenn es viel Geld gibt, ist es wenig wert. Daher hatte er an diesem Abend ein paar Gläser Rotwein zu viel getrunken – immer hatte er sich am Abend des 21. September etwas geleistet, auch als er in der Welt draußen war und nicht nach Hause konnte – und schwankte von einer Straßenseite zur anderen, begleitet vom Hund, der vor ihm herging und von Zeit zu Zeit stehen blieb, um auf ihn zu warten. Er traf auch Soldaten, die Ausgang hatten und ihm irgendwelche Scherze zuriefen. In der Nähe der Gebrazar holte ihn Bepi Pûn ein, ein Hirtenjunge, der sich auf dem Jahrmarkt von seinem Jahreslohn ein Paar Lederschuhe mit genagelten Sohlen gekauft hatte, die er ganz stolz um den Hals gehängt trug.

Sie gingen zusammen, und Bepi hörte Tönle bei seinen seltsamen Selbstgesprächen über den Krieg, den Preis der Wolle, die Soldaten, das Schloss von Prag, über Rudolf von Habsburg, die Drucke, die er einst verkauft hatte, über die ungarischen Pferde zu; alles in einem lustigen Durcheinander. Ab und zu blieb Tönle in der Mitte der Straße stehen und schloss, auf den langen Stock gestützt, jeden seiner wirren Gedanken mit: »Zum Teufel! Ich habe viel gesehen, aber du, maindar Kindar, wirst noch mehr sehen als ich.«

Er kam nach Hause. Als er die Küche betrat, wo das Holz im Herd flackerte, aber das Licht noch nicht angezündet war, sah er sofort, dass seine Frau nicht da war; Angst und eine traurige Vorahnung schnürten ihm das Herz zusammen, und sofort verflog die Wirkung des Weines, den er auf dem Jahrmarkt getrunken hatte. Nicht seine Frau rührte im Bronzekessel, wie er es seit dem Tod seiner Mutter gewohnt war, sondern seine Schwiegertochter, und die Enkel hielten sich ruhig und schauten ins Feuer. Auch der Sohn Petar war nicht da, um seine Pfeife zu rauchen, nachdem er die Tiere versorgt hatte. Er näherte sich dem Feuer und schaute die Schwiegertochter schweigend an und fragte mit den Augen, und sie antwortete mit einem Kopfdeuten, das sagte: Sie ist oben in der Kammer.

Er stieg eilig die Holztreppe hinauf, oben stand die Kammertür weit offen, und an einem Deckenbalken hing über dem Bett eine Öllampe. Seine Frau lag im großen Tannenholzbett, und sie kam ihm sehr klein und zart vor: Sie atmete schwer, und das Gesicht war ganz runzlig. Petar stand regungslos am Fuß des Bettes.

Er nahm eine Hand in seine Hände, sie war trocken und kalt, und am Handrücken wölbten sich die harten Venen. Sie öffnete die Augen und versuchte, ihm zuzulächeln. Petar sagte: »Ich habe Carlo um den Arzt geschickt. Habt Ihr ihn nicht getroffen? Nachdem wir vom Jahrmarkt zurückgekehrt waren, wollte sie, dass wir zusammen auf den Moor gehen und Kartoffeln klauben. Als die Sonne unterging, fühlte sie sich nicht wohl, und ich habe sie auf den Schultern nach

Hause getragen. Sie sagt, dass ihr kalt ist. Brigida hat ihr einen heißen Ziegel an die Füße gelegt.«

Tönle nickte zustimmend mit dem Kopf und rückte den Stuhl näher. Er blieb sitzen, ohne sich zu bewegen, und schaute sie an und hielt ihre kalten Hände in den seinen; sie hatte die Augen halb geschlossen; ihre Nase war ganz spitz, und ihm schien, als wären die Falten noch feiner und zahlreicher geworden; die Wangen waren eingefallen; die gebräunte Haut nahm einen aschfarbenen Ton an; die Haare, die in den Nacken gekämmt und mit einem Beinkamm zusammengesteckt waren, störten sie wahrscheinlich, denn sie befreite eine Hand aus den Händen Tönles und versuchte, den Knoten zu lösen. Tönle hob ihren Kopf sacht vom Kissen.

Das ganze Haus war still geworden, die Jungen schwiegen, und die Schwiegertochter hantierte leise in der Küche, sodass man bis in die Kammer hinauf das Knistern des Feuers im Herd hören konnte. Tönle betrachtete ununterbrochen dieses Gesicht und die Hände, die jetzt auf der Decke ruhten, und er wurde sich der Zeit und des Lebens bewusst, das dahingegangen war: das Leben seiner Frau, sein eigenes, das Leben seiner Eltern, seiner Kinder und auch jenes, das über die Enkel und Urenkel hinweggehen würde.

In der Dunkelheit bellte Cesares Hund, er hörte, wie der Arzt unten eintrat, und die Schritte seines Sohnes und seines Enkels. Dann ein anderer Schritt:

sein Sohn Matío, der bei den Alpini war, in der Garnison im Dorf. Er dachte: Petar und Matío sind da, aber Cristiano, Engele und Marco sind in Amerika, Giovanna wird auch bald hier sein.

Der Arzt stieg die Treppe hinauf und trat ans Bett, er zog die Lampe näher. Er fühlte den Puls, dann horchte er das Herz ab, indem er das Ohr auf die magere Brust legte, er schaute ihr in die Augen und zog das Licht noch näher; sie musste sich im Bett aufsetzen, und er klopfte und horchte noch einmal die Brust und den Rücken ab.

»Habt Ihr keine Schmerzen?«, fragte er.

»Mir ist nur kalt, und ich fühle mich ein bisschen schwach«, antwortete sie.

»Was sagt sie?«, fragte der Arzt, der jung war und unsere Sprache nicht verstand. Und Tönle übersetzte.

Sie gingen in die Küche hinunter, und der Arzt schrieb am Tisch das Rezept. Petar begleitete ihn ins Dorf, um in die Apotheke zu gehen und die Medizin zu holen.

Sie wollte keine Arznei, sondern nur ein bisschen Schafsmilch, die mit Gerstenwasser verdünnt war (so entwöhnt man auch die Säuglinge).

Zwei Tage danach schloss sie die Augen. Es kam Don Tita Müller, um ihr die Letzte Ölung zu geben, und nach weiteren drei Tagen hörte sie zu atmen auf. Wieder kam der Priester im Chorhemd und mit der Stola, und der Glöckner mit dem Kreuz und dem

Pferd in schwarzem und gelbem Zaumzeug. Aus der ganzen Gegend kamen Leute, die sie auf den Hügel hinter der Kirche begleiteten, wo seit drei Jahrhunderten alle ihre Ruhe fanden. Als Tönle zurückkehrte, wurde ihm klar, wie leer das Haus und das Bett, das sie so viele Jahre miteinander geteilt hatten, auch wenn er die meiste Zeit im Jahr hatte fernbleiben müssen, geworden war.

Manchmal war es ihm, als sähe er sie im Herd Feuer schüren oder in der finsteren Kammer Kartoffeln verlesen: Er rief sie, aber dann verschwand die Gestalt, und er fühlte sich einsam.

In diesem Herbst gab es eine gute Ernte: gesunde Kartoffeln in Hülle und Fülle, Roggen und Gerste hatten ein gutes Gewicht, und die Scheunen waren überfüllt mit duftendem Heu. Tönle trieb die Schafe auf die Gemeinschaftsweide und auf die Erbpachtgründe am Rande des Gemeindewaldes. Früh am Nachmittag, nach Schulschluss, kamen auch ein paar Enkel, die Kinder von Petar oder von Giovanna, zu ihm, und nachdem sie die Schafe mit Stangen in den Pferch der Gluppa eingeschlossen hatten, gingen sie zusammen in den Hanowald und sammelten trockenes Buchenlaub, das sie in Quersäcke füllten und am Abend nach Hause trugen: Es würde im Winter den Tieren als Bettstatt und im Frühling als Mist dienen.

Im November schneite es, dann legte der Regen

die Erde wieder frei, und die Sonne schien warm und ließ die Wiesen auf dem Spilleche wieder erblühen. In den warmen Stunden tagsüber dampfte der Reif über dem Saatland, und jetzt, da mit dem Krieg alle Auswanderer zurückgekehrt waren, sah man am Ufer viele Männer beim Urbarmachen. Nachdem sie die Wacholder- und Berberitzenbüsche ausgerissen hatten, schlugen sie mit der Spitzhacke den Boden auf, legten auf die eine Seite die Grasschollen und die Wurzeln, auf die andere Seite die schwarze Erde und die Steine auf einen Haufen; dann errichteten sie aus den größten Steinen eine Trockenmauer, auf der freien Fläche zwischen Mauer und Berg verteilten sie die anderen Steine, dann den Schotter und die Erde; auf der Erde verbrannten sie die Grasschollen, die Wurzeln und die Büsche: Der Rückstand bildete einen ausgezeichneten Dünger. So ward der Boden für die Aussaat vorbereitet, und ein paar Jahre sollte er reiche Ernte tragen; nur dass in einige Quadratmeter wochenlange Mühe gesteckt werden musste, bis diese so bearbeitet waren.

Wie immer, seit er nicht mehr über die Grenze gehen musste, breitete unser Tönle auch in diesem Frühling des Jahres 1915 Mist auf die Felder: Ihn hineintragen war unmöglich, denn er war nicht mehr in der Lage, sich die Kiepe aufzubürden; aber wenn er abends heimkehrte, hatte er auf seinen Schultern ein Bündel trockener Zweige für den Herd, der stets hungrig darauf war. Doch seine wahre Leidenschaft war es noch immer, bei den Schafen auf der Weide zu bleiben. Er kannte jedes einzelne an der Farbe der Wolle und an der Art zu blöken, wenn sie auch alle gleich aussahen. Er kannte auch jedes Tier dem Charakter nach: auf welches man mehr schauen musste, weil es sich gerne von der Herde entfernte; welches am gierigsten auf das junge und taubenetzte Gras war und daher unter einem aufgeblähten Bauch litt; welches Lamm immer bei der Mutter saugen wollte, auch wenn es seit Monaten hätte entwöhnt sein müssen; welches am längsten wiederkäute. Seinem alten schwarzen Hund genügte ein Zeichen – nicht einmal ein Wort war nötig –, dass er seine Gedanken erriet.

Wenn am Nachmittag ein Enkel zu ihm kam, wurde nur wenig und nur Wichtiges besprochen, aber das so klar, natürlich und einfach, dass das Schweigen, das jeweils folgte, wie Meditieren war: über die Jahreszeiten, die Arbeit, den Wald, die Haustiere und die frei lebenden Tiere.

Eines Tages, nach Schulschluss, erzählte ihm sein Enkel, dass die Lehrerin Augusta gesagt hatte, Italien würde bald in den Krieg gegen Österreich-Ungarn eintreten, um Trient und Triest zu befreien. Sie hatte auch die Zeitung *Corriere della Sera* in die Klasse mitgebracht, in der stand, dass der große Dichter Gabriele d'Annunzio in dem Ort, von wo einst Garibaldi nach Sizilien aufgebrochen war, eine Rede gehalten hatte und dass in den Städten alle für den Krieg waren.

Der Frühling von 1915 war in unserer Gegend sehr schön; der Schnee war im Märzregen schnell geschmolzen, und es schien tatsächlich so, als hätte das Rufen nach dem Frühling mit dem Geläut der Glocken und den Freudenfeuern auf dem Spilleche und dem Moor früher als in den vergangenen Jahren die Vegetation geweckt; kaum war in tausend Bächen der Schnee verschwunden, schmückten sich alle Wiesen mit weißen Krokussen, die sofort von den Bienen aufgesucht wurden, und Mitte April hatten die Lärchen geblüht und ließ der Auerhahn sein Balzen hören; Anfang Mai legten auch die Buchen ihr Gewand an: ein schönes strahlendes Grün, das sich vom Schwarz der Tannen abhob; der Kirschbaum auf dem Dach leuchtete wie Geschmeide im Haar eines Mädchens oder wie eine blühende Wolke; die Blütenblätter lösten sich zart wie Schmetterlinge von den noch nackten Zweigen, schaukelten sanft hernieder und legten sich auf das Stroh, das sich ebenfalls wieder zu beleben schien. Inzwischen hatte der Kuckuck wie immer seine Ankunft am Sankt-Markus-Tag gemeldet, er flog von Wald zu Wald und wiederholte seinen Ruf; manchmal schien er so nah zu den Häusern der Menschen zu kommen, als ob er jemanden rufen wollte. Wegen des Regens, dem eine ungewöhnliche Hitze gefolgt war, wuchs das Gras auf den Wiesen üppig und rasch.

Zeitig am Morgen des Vierundzwanzigsten hatte Tönle die Schafe wie üblich auf die Weide geführt; dann setzte er sich, um sich die Pfeife anzuzünden und den Tag zu genießen. Zuerst hörte er es am Himmel wie Brummen, dann einen Knall von Weitem. Er stand auf und schaute umher; er sah nichts, aber er hörte noch einmal dieses Brummen und den Knall, dem noch weitere folgten. Jetzt begriff er: Der Krieg hatte begonnen, und von den Festungen Campolongo und Verena wurde auf die Befestigungsanlagen Lusern und Vezzena geschossen.

Schon in der Nacht war es ihm gewesen, als hätte er etwas Ähnliches gehört; aber vielleicht hatten die Bergkette und der Wind den Großteil der Geräusche woandershin gelenkt, sodass zwar ein Teil zu ihm gedrungen war, aber von weit her, und er sie nicht als Kanonenschüsse erkennen konnte, sondern für eine Minenexplosion in großer Entfernung gehalten hatte, oben, wo sie auf den Straßen arbeiteten, gegen den Portule zu, und die großen 280-mm-Mörser in Stellung bringen wollten. Und er war wieder eingeschlafen.

Im Dorf aber hatten sie in dieser Nacht nicht geschlafen; die Kommandanten der Garnison und der Artillerie hatten den Mobilmachungsbefehl noch am Morgen des Dreiundzwanzigsten erhalten, und vor Sonnenuntergang wussten alle von der Kriegserklärung, die der Botschafter Vittorio Emanueles Franz Joseph überreicht hatte.

Der Generalleutnant Pasquale Oro, der diesen Frontabschnitt kommandierte, erließ eine Bekanntmachung »an alle Bewohner« unserer Berge. Mit eindrucksvollen Worten sprach er darin vom Glauben an den Sieg, von der Befreiung der Brüder jenseits der Grenze; dann erbat er – nüchterner – die freiwillige Zusammenarbeit unserer Landsleute mit dem Heer und dass diese Zusammenarbeit, falls erforderlich, total und umgehend sein müsse. Andernfalls müsste er sie erzwingen.

In derselben Nacht noch waren die Einberufenen aus unserem Gebiet in Richtung Grenze aufgebrochen, wo schon die Brigaden Ivrea und Treviso an der Kampflinie standen. Und niemand im Dorf ging in dieser Nacht zu Bett, denn alle waren auf der Straße, um hinaufzuschauen, gegen das Trentino und in Richtung unserer Festungswerke, wo die ersten Geschütze aufflammen mussten.

Und sie kamen, gegen Mitternacht. Eine halbe Minute nach dem Aufflammen hörte man den Abschussknall und eine Minute später, weit weg und durch die Berge abgeschwächt, die Explosion. Es handelte sich dieses Mal nicht um die Kirchweihfeuer, und niemand hatte Lust, zu sprechen und zu kommentieren; die Kinder klammerten sich an die Röcke der Mütter, die Mädchen an ihre Verlobten, und die Alten unter ihnen rauchten schweigend. Nein, da konnte keine Begeisterung beim Auflodern und Donnern aufkommen: Es lastete über ihren Häusern wie eine finstere neue Drohung; noch düsterer als die Schläge der Sturmglocke, die Feuersbrünste oder, in früheren Jahrhunderten, Heere verkündeten, die vom Norden nach Italien, durch unsere Gegend, hinabstiegen und Gewalt und Tod brachten.

Unsere Landsleute erwarteten auf den Straßen den Sonnenaufgang, um sich ein wenig zu erwärmen, und dann kehrten sie, an jenem Morgen des 24. Mai 1915, schweigend, wie sie herausgetreten waren, als es Abend geworden war, in ihre Häuser zurück und verriegelten die Türen, wenngleich es in unserer kleinen Dorfheimat Brauch war, dass die Haustüren immer offen blieben.

Aus all diesen Gründen sah Tönle an diesem Vormittag, bei Tagesanbruch, weder einen Kamin rauchen noch Menschen, die sich in den Gemüsegärten und auf den Straßen, die in die Wälder führten, zeigten. Zuerst hatte er sich nichts dabei gedacht, aber nachdem er die Schüsse gehört hatte, verstand er, warum. Zum dritten Mal zündete er sich, voll Wehmut, die Pfeife an; ihn erfüllten Traurigkeit und Zorn, gleichsam als wäre auch er durch die Grausamkeit der Regierungen und Dichter, die den Krieg wollten, niederträchtig. Kriegführen ist das Handwerk der Generäle, dachte er, auch wenn es das widerlichste Handwerk ist, anderen das Morden zu befehlen; und mit zwanzig Jahren Soldat zu sein, egal ob für die eine oder andere Regierung oder den einen oder anderen Staat, ist vielleicht ein Spiel, ein Abenteuer, eine Gelegenheit, andere Menschen wie dich und mich kennenzulernen, auch eine Gelegenheit, die eigene Kraft zu zeigen oder Freude am Sichauflehnen, wie es der Tita Haus gemacht hatte, den der Major von Fabini nach zwei Jahren Strafkompanie wegen Disziplinlosigkeit nach Hause schicken musste; damals hatte er ihn vor dem ganzen Bataillon, das in Reih und Glied stand, prügeln lassen, und Tita Haus hatte sich danach ganz ruhig vom Bock erhoben und die Hose hinaufgezogen. Der Major sagte: »Soldat, habt Ihr genug? – Denkt daran, dass ich ein Herz aus Eisen habe.« – Und der Tita Haus spuckte ihm auf die Stiefel, nachdem er sich die Hose zugeknöpft hatte, und antwortete: »Wenn Ihr ein Herz aus Eisen habt, hab ich einen Arsch aus Bronze.« Und so schickten sie ihn nach Hause, weil sie schon alles an ihm erprobt hatten.

Nun, auf diese Art konnte man Soldat sein oder auch keiner, aber nicht unter armen Leuten aufeinander schießen und sich gegenseitig umbringen. Und für wen überhaupt? Das alles ging Tönle durch den Kopf, als er seine Schafe hütete, an der Pfeife zog und auf die Kanonen jenseits des Ass horchte.

4

Fast alle Tage hörte man, zur Polentastunde, in regelmäßigen Abständen das Gebrumm der Kanonen, aber das Leben ging wie gewöhnlich weiter: Das Heu trocknete auf den Wiesen, die Kartoffeln wurden gehackt, in Erwartung des Winters schichtete man im Wald das Holz auf. Als die Zeit für den zweiten Schnitt der Wiesen kam, fand bei den Vezzena-Almen ein Infanterieangriff der Italiener auf die österreichischen Befestigungen statt; die Einheiten waren in Kadern mit Musik und mit der Fahne voraus aus den Tannenwäldern marschiert, die Befehlshaber in Paradeuniform, mit gezücktem Säbel: So wollten sie in Trient ankommen. Es gab jedoch so viele Tote und Verwundete, dass sie in dem neuen Gebäude untergebracht werden mussten, das den Menschen in unserem Gebiet als Spital hätte dienen sollen.

Zum ersten Mal seit dem Jahr 1866 wurde in diesem Sommer zwischen unseren Bergen und der Valsugana weder geschmuggelt, noch gingen Auswanderer auf den steinigen Pfaden, weil jetzt die Tiroler, die ihnen früher auf der Rast Gastfreundschaft gewährt hatten, für die Bataillone der Standschützen, welche die Grenze verteidigten, aufgeboten worden waren. Es war daher unmöglich, von einem Staat in den anderen zu gehen, denn die Soldaten und Patrouillen schossen, und sie waren sicher nicht wie die Finanz- und Zollaufseher, von denen man für eine Lira den Übertritt erkaufen konnte; für ein Nichts konnte man jetzt dort nur sterben.

Auch, die Schafe an der Grenze zu weiden, war verboten, und zum ersten Mal seit Jahrhunderten wurde auf ungefähr zehn Almen im Sommer kein Vieh getrieben. Die Einheimischen, die nicht einberufen worden waren, das heißt die Alten über 50 Jahre und die Jungen zwischen 14 und 19 Jahren, waren als Arbeiter bei den Schanzwerken und zu Straßenbauarbeiten verpflichtet; und auf den Fahrspuren, die außer Sichtweite des Feindes die Abhänge der Berge emporkletterten, wurden mit Armeskraft die großen 149er-Kanonen hinaufgezogen, die mit Tannenstämmen, großen Brettern aus Lärchenholz und Erdsäcken bei den Batterien in Verteidigungsstellung gebracht wurden.

Zwei Söhne Tönles, Matío und Petar, standen mit anderen Kameraden aus dem Dorf, den benachbarten Dörfern und der Umgebung mit einem Alpini-Bataillon zwischen Porta Renzola und dem Mandriolo in vorderster Front; die anderen drei Söhne, die in Amerika waren, hatten einen Brief geschrieben, in dem sie sagten, dass sie nicht zurückkehren würden, um zu schießen, sondern erst, wenn es eine gute Arbeit für sie gab. Auch wenn das nicht so genau ihre Worte waren, war es sicher ihr Sinn. So musste unser Bintarn jetzt, da zwei Söhne an der Grenze kämpften, drei in Amerika arbeiteten, die Töchter verheiratet waren, seine Frau gestorben war und ihm die Jahre in den Beinen lasteten, mehr arbeiten; die Schwiegertöchter und auch die Kinder halfen zwar und kümmerten sich um den Garten, die Kartoffeläcker und die Linsenfelder, um die Gerste, die Hühner, aber er musste sich alleine um die Herde und das Holz für den Winter kümmern; und wenn es auch nicht viele Schafe waren, jetzt, da die hoch gelegenen Wiesen verboten waren und man das Weiden in den Wäldern entlang der Wege und auf den Lichtungen erlaubt hatte, war es schwieriger, sie im Auge zu behalten, denn manchmal gingen sie ins Dickicht und legten sich hin, um ungestört wiederzukäuen, sodass es dann langwieriger war, sie für die Rückkehr zusammenzutreiben. Und dann das Holzmachen: Nach einem Gang mit einer Ladung Holz auf den Schultern kam er unten, am Ende des Weges, mit schweren Beinen an.

Aber wenn der Krieg unseren Schäfern, Sennern, Köhlern und Schmugglern beträchtliche Mühsal verursachte, brachte er den anderen im Dorf Einnahmen, denn die Hotels waren alle voll mit Offizieren und Journalisten, die Gasthäuser dienten als Offizierscasino, und Wirte, Lebensmittelgeschäfte, Kaufleute, Bäcker, Waschfrauen und Dirnen, kurz: alle, die etwas mit dem Heer und seinem Gefolge zu tun hatten, zogen ihren Gewinn daraus.

Auf der Ebene von Schbanz hatten sie so große Hütten gebaut, dass mehr als hundert Schafe darin Platz gefunden hätten, aber sie hatten Flugzeuge, die vom Himmel gekommen waren, hineingestellt. Eines Tages ging ein Enkel von Tönle auf dem Heimweg von der Schule sofort in den Hanowald, um dem Großvater zu erzählen, dass der Dichter Gabriele d'Annunzio, der jetzt Kommandant war, wie Direktor Müller erklärt hatte, mit so einem Flugzeug bis über die Stadt Trient geflogen war und dort über den Häusern eine Botschaft und die italienische Fahne abgeworfen hatte. Als Tönle diese Geschichte hörte, schüttelte er den Kopf und sog fest an der Pfeife. Er hatte diese großen Vögel lärmend über dem Asstal fliegen sehen, es war das erste Mal, und zur Verwunderung hatte sich Verachtung gesellt: Es waren jedenfalls teuflische Ungeheuer zum Kriegführen, und wer weiß, wie viel sie kosteten und wie viel Mehl für Polenta man dafür hätte kaufen können, um den Hunger der Menschen zu stillen, oder wie viele Schafe. Und wenn es für sie Grenzen gab, wozu waren sie gut, wenn man sie oben mit den Flugzeugen überfliegen konnte? Und wenn es keine Grenzen in der Luft gab, warum musste es dann welche am Boden geben? Und mit dem »für sie« meinte er all jene, welche die Grenzen für eine wirkliche oder heilige Sache hielten; aber für ihn und solche wie ihn – und es waren gar nicht so wenige, wie es hätte scheinen können, sondern die Mehrheit der Leute – hatten Grenzen nie existiert, höchstens als Wachen, die man bezahlen, oder als Gendarmen, denen man aus dem Weg gehen musste. Kurz und gut: Wenn die Luft frei war und das Wasser, musste auch die Erde frei sein.

Zu Beginn dieses ersten Kriegswinters kamen seine Söhne, die an dieser Grenze waren, abwechselnd auf Urlaub. So konnten sie mit dem Schlitten einen beträchtlichen Vorrat an Holz nach Hause ziehen, den er am Fuß der Gluppa hergerichtet hatte.

Nach ihrem Urlaub wurde das Bataillon an die Front des oberen Karnien verlegt, weil sie dort, wie die Anführer des Krieges sagten, nötiger gebraucht wurden. Aber in Wirklichkeit, munkelte man, waren unsere Alpini verlegt worden, weil dieser Frontabschnitt zu ruhig war und weil sie, so nahe bei ihren Familien, wenig Kampfgeist vor dem Feind gezeigt hatten.

In jenem Jahr kam der Schnee ziemlich früh, um unsere Berge zu bedecken; bereits im November waren die dunklen Wälder des Dhor weiß; auf den Heuböden unter den breiten und steilen Dächern der Häuser waren als Vorrat für den Winter Heu und trockenes Laub zusammengetragen, und in den Kellern unter den Stuben lagen Kartoffeln, Kohl und Gerste.

Wenn nicht die Kanonenschüsse gewesen wären, welche die italienischen Batterien regelmäßig um die Mittagszeit gegen die österreichischen Befestigungsanlagen abfeuerten, hätte man beinahe glauben können, dass dieser erste Kriegswinter genauso wie die vielen Winter vorher war. Allerdings sicher nicht im Dorf, wo durch die Soldaten, Lastkraftwagen, Pferde und Carabinieri immer viel Betrieb herrschte; die kleine Zahnradbahn fuhr schnaubend hinauf und beförderte Munition und Waffen und Neuigkeiten von den verschiedenen Frontabschnitten des Krieges, den man schon »Weltkrieg« nannte, als ob das ein Fortschritt wäre. Eines Tages kam auch der König von Italien, Vittorio Emanuele III., in der Uniform eines einfachen Soldaten.

Zu Weihnachten sang man die althergebrachten Lieder, nur die Leute aus der Gegend sangen in unserer alten Sprache und riefen damit auch einigen Protest bei den Militärbehörden hervor, weil sie das für antiitalienisch hielten; also sang man in der Kirche bei den Weihnachtsgottesdiensten, abgesehen vom »Adeste fideles«, nur unverfängliche Liedchen. Die Tage vergingen still in Schnee eingehüllt, und bei den Abendtreffen in den Ställen sprach man nicht von Odin und Loki und den Schutzgeistern, die das Konzil von Trient endgültig in die Val di Nos verbannt hatte, oder von der Arbeit in den fernen Ländern, sondern man sprach immerzu vom Krieg, der die Männer, die draußen in der Welt hätten arbeiten können, mit sich genommen hatte. Und wenn jemand dort draußen bei der Arbeit starb, war das nicht wie auf dem Schlachtfeld: Man arbeitete, um die eigene und die Not der Verwandten zu lindern, während man auf den Schlachtfeldern jetzt für nichts starb; wenn daher eine Todesnachricht eintraf, welche die Carabinieri oder der Gemeindediener überbrachten, gesellte sich zum Schmerz ein Gefühl von zorniger Bitterkeit.

Im Stall des Nappa blätterte man beim Schein der Lampe langsam in einer Wochenzeitschrift, die zwanzig Centesimi kostete:

»La guerra italiana, cronistoria illustrata degli avvenimenti« (Der Italienische Krieg, illustrierter Bericht über die Ereignisse) aus dem Verlag Sonzogno in Mailand. Aber bestimmte Bilder und Nachrichten erweckten hier – wo der Krieg sozusagen vor der Haustür stattfand – Zweifel und Ratlosigkeit, auch wenn manchmal gedruckte Bilder und Wörter für einfache Menschen die Kraft absoluter Wahrheit haben.

Auf der Titelseite sah man einen mit einer Art Harnisch aufgeputzten Soldaten, der Helm, Knieschützer und Lanze wie ein Kreuzfahrer oder Grieche aus dem Trojanischen Krieg auf den remondinianischen Drucken trug. In einem Artikel konnte man jedoch lesen, dass in einer Hütte, die von unseren Alpini eingenommen wurde, … *italienisch auf zwei Mauersteine, aus denen ein Haken ragte, geschrieben stand: Hier ist Geld – zieht es heraus! In dem Hohlraum aber war eine Bombe.* Und in einer anderen Nachricht las man, … *dass die Pfeile, die haufenweise von oben aus den Flugzeugen abgeworfen wurden, fürchterliche Waffen sind, die beim Hinunterfallen eine gewaltige Durchschlagskraft entwickeln …* Die derart geschilderten Vorfälle und die Fotografien von riesigen Kanonen oder von einem Pfad, auf dem früher unsere Auswanderer in die Valsugana hinabgestiegen waren, mit dem Begleittext *Mit elektrischen Drahtverhauen sperren die Österreicher das Trentino ab* riefen auch ironische Kommentare und Diskussionen hervor, die von manchem hohen Kommandanten als Defätismus bezeichnet worden wären.

In den letzten Februartagen riefen die Kinder wie in jedem bisherigen Jahr den Frühling, indem sie mit Kuhglocken läuteten und barfuß über die noch schneebedeckten Wiesen liefen; aber die Militärbehörden hatten streng verboten, Freudenfeuer auf den Bergrücken zu entfachen, weil diese als Signale an den Feind hätten aufgefasst werden können. Und vielleicht brachte der März, weil die Feuer nicht entzündet worden waren, statt Sonne und Regen noch einmal Schnee und tagelang kalten Wind.

Aber inzwischen ging das Gerücht um, dass die Kaiserlichen eine Offensive vorbereiteten; anscheinend hatten böhmische Überläufer und ein Soldat aus dem Trentino, die über die Linien gewechselt hatten, berichtet, dass sie dabei waren, Hunderte von Kanonen, darunter auch große, die Granaten von zehn Doppelzentnern abschossen, in Batterien zusammenzuziehen; dass zahlreiche Regimenter, die vom Balkan und der russischen Front kamen, aus Tirol herabmarschierten und dass Erzherzog Eugen persönlich und Kronprinz Karl die Invasion in unser Gebiet kommandieren würden. Aber all das, erzählte man sich auch, wollten unsere Kommandanten nicht glauben.

War das Winterende streng und kalt, so kam der Frühling plötzlich und milde: Als ob sie Eile hätten, wurden die Tage immer länger, rasch schmolz der Schnee, der Ruf des Kuckucks ließ den Wald wieder erblühen, und überall in der Gegend hoben die Frauen, die in den Gärten arbeiteten, den Kopf, um ihm zuzuhören, und dachten dabei traurig und sehnsüchtig an ihre Männer, die weit weg im Krieg waren. Tönle Bintarn hingegen, der immer die Pfeife zwischen den Zähnen hatte, wurde jeden Tag schweigsamer und verschlossener; er verließ das Haus beim Morgengrauen und kehrte erst am Abend zurück;

und beim Weggehen und Heimkommen hob er immer den Blick zu dem Kirschbaum auf dem Dach, um zu beobachten, wie die Knospen schwollen und die Blüten trieben.

Eines Abends im Mai, als er auf dem Moor mit ungewöhnlicher und eindringlicher Aufmerksamkeit auf die Schafe und die Landschaft schaute, hörte er, wie die Totenglocke lange und bedächtig läutete. Drängend und in regelmäßigen Abständen breiteten sich die einzelnen Schläge über die Wiesen und bewaldeten Bergrücken und legten sich auf den Gesang der Vögel und das schon übliche, weit entfernte Poltern der Kanonen an der Grenze. Unsere liebliche Landschaft und das vertraute und lange Glockengeläut machten ihm die Seele schwer, und er dachte nach, wer von den Landsleuten gestorben sein mochte.

Er zündete sich die Pfeife an, und an diesem Abend dachte auch er an den Tod, aber nicht in Trauer und Angst, sondern er stellte ihn sich wie eine Zeit der Ruhe vor, wie eine ewige Ruhe, in der man still eine Landschaft wie diese betrachtet. So war es sicher für seine Frau gewesen, als sie von einem ihrer Söhne in jenem Herbst auf den Schultern, vom Kartoffelacker weg, hinuntergetragen wurde.

Nachdem er die Schafe zusammengetrieben und dem Hund eine Scheibe Polenta gegeben hatte, stieg er vom Berg hinab und betrat das Haus. Die

Schwiegertochter erzählte ihm, dass sie gehört hatte, der Rechtsanwalt Bischofar sei gestorben. Eine Frau, die im Dorf Eier verkaufte, hatte es ihr erzählt.

Er saß neben dem Herd und verzehrte sein Abendessen: eine Schüssel Gemüse, ein Stück Speck und zwei Scheiben Polenta; dann zündete er sich die Pfeife an und schaute in die Glut, die verlosch. Er dachte an den alten Rechtsanwalt, der ihn immer »Freund« genannt hatte, sogar »main Ksèl«, und wenn er ihn getroffen hatte – vielleicht zwei- oder dreimal im Jahr –, hatte er sich mit ihm immer in der alten Sprache unterhalten, und er hatte auch die besonderen Ausdrücke der Hirten gekannt. Aber er, Tönle, vergaß ihm nie die gute Tat, die dieser den Seinen erwiesen hatte, als er eine Zeit lang wegen der Sache mit dem königlichen Zollwächter aus der Heimat hatte flüchten müssen; daher hatte er ihm immer zu Ostern ein halbes Lamm gebracht, für das sich dieser dann irgendwie erkenntlich zeigen oder es bezahlen wollte. Er rauchte die Pfeife und schaute ins Feuer, das verglühte, und inzwischen drang die Abenddämmerung in die verrauchte Küche und nahm von den Gegenständen alle Konturen. Morgen gehe ich hinunter, dachte er, um ihm die letzte Ehre zu erweisen.

Am nächsten Morgen rasierte er sich sorgfältig und wusch sich. Er nahm den halbwollenen Anzug, den er nur an Festtagen trug, aus dem Schrank, putzte und fettete die Schuhe ein und ging, die Pfeife zwischen den schwarz gewordenen Zähnen, ins Dorf hinunter.

Der Neunzigjährige war in seiner Kanzlei aufgebahrt; die Gemälde an den Wänden mit den Bildnissen von berühmten und vornehmen Persönlichkeiten und freundlichen Widmungen waren verhüllt, sodass die Bücherregale den Besuchern entgegenzukommen schienen. Blumen über Blumen: Rosen, Narzissen, Trauben von Goldregen, Hahnenfuß von den Wiesen, Sträuße von Storchenschnabel in großen Vasen füllten den Raum bis zu den Fenstern, und ihr Duft übertönte den Geruch der Kerzen. Viele Menschen gingen die Stufen des alten Hauses hinauf und hinunter, das dem einzigen Palazzo, dem aus dem 14. Jahrhundert stammenden Palazzo dei Sette (Palazzo der Sieben) oder besser der »Siben alten Kameun prudere libe« (Palazzo der sieben alten Gemeinden in Bruderliebe), gegenüberstand.

Auch Bintarn stieg diese Stufen hinauf und betrat die Kanzlei. Er kümmerte sich weder um den weißhaarigen Erzpriester, der in einer Ecke saß, noch um die Familienmitglieder und Verwandten des großen Alten im Sarg noch um die Vertreter der Behörden und die Leute aus dem Volk. Eine ganze Weile blieb er da vorne unbeweglich stehen, als sei er in dem Boden aus weißen Platten verwurzelt, und ließ sich von allen, die weiter vor wollten, anrempeln und anbrummen. Schließlich sagte er laut, so laut, dass alle erstaunt und erschrocken aufschauten: »Palle odar spete de leute allesamont sterben!« (Früher oder später sterben alle Leute).

»Amen«, antwortete der alte Erzpriester mit ebenso viel Kraft aus der Ecke, wo er saß.

Tönle verneigte sich leicht gegen die Bahre, wo sein Freund ausgestreckt lag, und setzte sich den Hut auf den Kopf. Er ging schnell hinaus und drängte die Leute beiseite, um festen Schrittes auf den Moor zurückzukehren.

Drei Tage danach war der 15. Mai, und der Kirschbaum auf dem Dach öffnete die Blüten, und die Blätter schwebten wie die Schneeflocken in den Bergen bei Windstille auf das Stroh, welches das Haus bedeckte.

Tönle ging früh am Morgen; in der Tür stopfte er die Pfeife und zündete sie sich an, schaute zum Baum hinauf, auf die Wiesen unten am Ufer, wo das Gras blühte und üppig wuchs, und machte sich zu seinen Schafen auf. Er öffnete das Gehege, rief dem Hund zu, dass er die Schafe zur Weide des Petareitle treiben solle, und folgte ihnen mit seinem Stock, der seinem Schritt den Takt schlug; da und dort ließ er sie am Rand der Straße, die durch Steinplatten von den Wiesen und vom Saatland abgegrenzt war, weiden.

Oben angelangt, setzte er sich unter eine Tanne

und nahm aus den Taschen ein paar Kartoffeln, die er am Abend zuvor zum Braten in die Herdasche gelegt hatte. Der Hund saß an seiner Seite und wartete auf sein Teil, die schmackhafte, knusprige Schale.

Dann war es ihm, als hörte er von der Grenze das Geräusch eines Flugzeuges, einer »Taube«, wie es die Einheimischen nannten; plötzlich sah er es hoch am Himmel über seinem Dorf auftauchen, unmittelbar gefolgt von zwei anderen, sodass sie gleichsam ein Dreieck bildeten. Er dachte sich nicht viel dabei, aber wieder einmal kam ihm in den Sinn, wie viel Arbeit und Geld durch den Krieg vergeudet wurden.

Die Besuche dieser »Tauben Rumpler CI« waren nicht selten; sie kamen von weit her, vielleicht aus Trient oder Mattarello, flogen über die Gegend und drehten ab, nachdem der Posten auf dem Turm Alarm geschlagen und die Soldaten erfolglos ein paar Schüsse abgefeuert hatten. Dieses Mal jedoch kamen sie immer wieder. Sie zogen einen Kreis und noch einen Kreis wie die Bussarde über einer Glucke, bis Eugenio die große Glocke läutete, diejenige, die in den Hitzemonaten die schwarzen Wolken und die bläulichen Hagelwolken auflöste. Er läutete Sturm wie bei einer Feuersbrunst, die oft genug unsere Häuser, die mit Holzschindeln und Stroh gedeckt waren, heimsuchte. Die Glockenschläge erfüllten den Morgen, und man hörte jetzt nur das Geläut, man hörte weder die Vögel singen noch die Flugzeuge. Die Stimme der großen Glocke hatte alle anderen zum Schweigen gebracht.

Tönle stand auf und stützte sich mit beiden Händen auf den Stock; er hörte es vom Himmel herabkommen, von den Bergen, wie das dumpfe und finstere Dröhnen eines großen Insekts, und dann tiefes Schweigen, und unten, gegen den Hort, sah er einen Feuerschein und viel Rauch aufsteigen, und danach hörte er ein Donnern, das den Fuß des Berges erzittern ließ. Er war bestürzt.

Das war »der lange Georg«, der 350-mm-Mörser, der Bomben von 750 Kilo in eine Entfernung von 30 Kilometern schoss; er hatte das Zeichen zur »Strafexpedition« gegeben.

Das Gedröhne hatte zwischen den Bergrücken und Tälern noch nicht aufgehört, als in regelmäßigen Abständen neue Bomben die Gegend erreichten; sie kündigten sich von Weitem mit dunklem Rauschen an, und wenn sie zwischen den Häusern explodierten, brachten sie Tod, zersplitterten sie Mauern und Dächer, und alles brannte ab.

Da er sich weit oben in der Höhe befand, konnte er natürlich die Angstschreie der Frauen und Kinder nicht hören, auch nicht die Rufe der Soldaten, die Befehle der Kommandanten, aber er konnte sich gut vorstellen, was sich im Ort abspielte. Er hatte auch bemerkt, dass jetzt zu dem regelmäßigen Explosionsdonner und dem Dröhnen der Flugzeuge, die – wie die Bussarde – immer oben blieben, ein weit entferntes und ständiges Gebrumm wie von starkem und ununterbrochenem Geschützfeuer dazugekommen war. Und so war es auch, denn bei Vezzene hatte der Angriff der österreichischen Infanterie begonnen.

Tönle nahm all diese traurigen Zeichen wahr und stellte sich die Leute und das Dorf unter dem Feuer der großen Kanone vor, und in seinem Innersten fühlte er eine zornige Auflehnung gegen alles und alle; rauchend und fluchend trieb er die Schafe in den Schutz des Waldes, um dort drinnen nichts sehen und hören zu müssen. Aber er hielt es nicht lange aus. Er feuerte den Hund an und jagte die Schafe aus dem Wald wieder hinaus, sperrte sie in den Pferch und ging zu seinem Haus hinunter.

Es war vielleicht erst kurz nach Mittag, vom Dorf stiegen zahlreiche Rauchsäulen empor, und der scharfe Brand- und Explosionsgeruch kratzte im Hals, auch den Rauchern. Als er die Küche betrat, sah er die Enkelkinder, die aus der Schule davongelaufen und noch erhitzt und wegen der unvorhergesehenen Unterbrechung aufgeregt waren. Sie erzählten der Mutter wirre und entsetzliche Sachen, und sie, die inzwischen die Polenta auf das Brett gestürzt hatte, ging sinnlos im Zimmer von einer Ecke in die andere und suchte das Messer, das sie in der Hand hielt.

Tönle fühlte in seiner Brust wieder diese Wut und

diesen Zorn, die er vorher, im Wald, empfunden hatte, und mit fester Stimme versuchte er, Ruhe zu schaffen, und hieß sie, still zu sitzen und zu essen. Aber in der Stille war es noch schlimmer, denn die Explosionen der großen Bomben und das weit entfernte Gebrumm machten die Beklemmung und Angst noch größer als das wirre Gerede der Kinder und die Unruhe der Mutter. Aber andererseits war der Alte auch sicher, dass die Kanonenschüsse ihre Gegend nicht erreichen konnten, denn der Moor beschützte sie, und alle Häuser befanden sich in einem toten Winkel.

In den frühen Nachmittagsstunden kam eine Carabinieri-Patrouille ins Dorf, aber dieses Mal nicht, um Schmuggler festzunehmen. Mit lauter Stimme riefen sie alle Leute auf die Straße – es waren ungefähr zwanzig –, um ihnen zu sagen, dass alle Bewohner, auf Befehl der Militärbehörden, die in Übereinstimmung mit den Zivilbehörden handelten, ihre Häuser räumen und sich in die Ebene begeben sollten, wo sie Unterkunft und Beistand finden würden. Und das alles so schnell wie möglich, denn die Gefahr war groß; und dass sie die Türen und Fenster offen lassen und das Nötigste mitnehmen sollten; vielleicht könnten sie in einigen Tagen schon zurückkehren. Nachdem sie das verkündet hatten, gingen die Carabinieri, um diese Verordnung in den anderen Orten zu verkünden.

An diesem Abend erleuchteten Brandfeuer den Himmel, und Tönle ging zu den Prudeghar, um die Schwiegertochter und die Enkelkinder zu seiner Tochter Giovanna zu begleiten. Auf den kleinen Holzwagen hatte er einige Haushaltsgeräte und einen Sack mit Kleidern und Decken gelegt, der Schwiegertochter hatte er einen Ledersack mit hundert Lire in Silberstücken umgehängt. Dort, bei den Prudeghar, hatten sich die Familien in Gruppen versammelt, und Frauen, Alte, große und kleine Kinder sollten vor der Dämmerung auf Nebenstraßen losgehen, ohne das bombardierte Gebiet zu streifen; beim Wald der Luka angekommen, sollten sie auf der Straße des Camporossignolo in die Ebene hinuntergehen. Tönle verabschiedete sich brüsk von den Kindern, der Schwiegertochter und den Enkeln, brummte etwas, mit dem er sagen wollte, dass er ins Haus zurückkehrte, und wenn sich die Lage verschlechterte, wollte er ihnen später nachkommen, mit den Schafen.

Obwohl er schon viele Dinge und Ereignisse auf der Welt gesehen und erlebt hatte, hatte er die Häuser der Menschen noch nie so gesehen: so leer, still und armselig. Wie ein verlassener Bienenstock oder ein ausgeraubtes Nest; und zwischen all den vor dem Krieg aufgerissenen Türen und Fensterläden schloss er sich in seinem Haus ein, wie er es noch nie gemacht hatte, nicht einmal, als er von den Zollwächtern gesucht worden war. Und er zog sich in die Kammer zurück und sperrte auch diese Tür zu, die er immer mit einer Eschenstange dazwischen angelehnt gelassen hatte.

Er schlief nicht, und in die tiefe Stille seines Hauses, in dem man die Stimmen der Balken hören konnte, und des Dorfes, das mit knarrenden Fenstern sprach (Oh, wie gerne hätte er den Regen auf dem Dach und den sanften Wind in den Zweigen des Kirschbaums gehört!), platzte das Gebrüll der nahen und fernen Kanonenschüsse und das Geknister der Brände.

Als er aufstand, war es noch dunkel, und das Fenster nach Süden war offen, jenes, das zum Dorf ging. Er zog sich die Schuhe beim Schein der fernen Flammen an. Dann ging er hinaus und stieg den Berg hinauf. Diese Flammen waren nicht wie die Freudenfeuer in der Nacht zum 1. Januar 1900, als er sein eigenes vor dem Kreuz des Monte Katz entzündet hatte, weil er nicht mit den Landsleuten zusammen sein konnte: Damals waren die Leute fröhlich, und es spielten Musikkapellen, jetzt herrschten Angst und Klagen; jetzt wie damals musste er allein an den Ereignissen teilnehmen, obwohl er mitbetroffen war.

Er sah die Morgendämmerung von dort oben und dann, wie die Leute auf den Straßen, die aus den Dörfern in die Ebene führten, wegzogen, und eine Einheit Soldaten, die aus der Richtung der Ebene zu Fuß oder auf Fahrrädern heraufkamen und unsere

Flüchtlinge kreuzten. In der Zwischenzeit, während all das geschah, drang der Schlachtenlärm immer stärker herauf.

Er stopfte sich die Pfeife, zündete sie an, schaute, wie spät es war, und machte sich zu seinen Schafen auf den Weg, die er in den tiefsten Wald trieb.

An diesem Tag kamen Soldatenpatrouillen, Carabinieri und Zollwächter durch die bewohnten Gebiete und zu den entlegenen Häusern und kontrollierten, ob alles geräumt worden war. Aber sie fanden immer noch einen Nachzügler, der die Gefahr missachtete oder mit der Halsstarrigkeit des Unwissenden Bränden, Bomben und Befehlen von Generälen trotzte, nur um etwas zu retten, was ihm wichtiger erschien: Geld, Wäsche, Bekleidung oder einfach Erinnerungsstücke. Der Rauch lag schwer über den Häusern, und die Geranien auf den Fenstern, die Gärten, die blühenden Wiesen konnten die Hässlichkeit und das Abscheuliche dieses gelb-schwarzen Rauches nicht mildern; wie auch der Gesang der Lerchen und Finken aus den entlegensten und stillsten Winkeln unter den verzweifelten Stimmen nicht zu hören war.

Am Nachmittag ging Tönle auf eine Lichtung und sah, dass unten auch der Kirchturm brannte. Vielleicht hatte eine Bombe die Glockenstube getroffen und den hölzernen Dachstuhl, der die Glocken trug, in Brand gesetzt; damals rief er wütend und betrübt: »Alle inzòart!« Und er begann mit dem Stock in einen Strauch zu schlagen. Als er sich beruhigt hatte, drehte er sich um und schaute auf den Turm; er musste daran denken, wie seine Mutter und seine Großmutter vor vielen Jahren ihre Ohrringe aus Gold hergegeben hatten und diese in die Bronze der Glocken eingeschmolzen wurden, damit ihr Klang schöner würde.

Tage vergingen. Keine Zivilperson hielt sich mehr in den Häusern auf, und auch die Soldaten, die in Eile kamen, um die Offensive aufzuhalten, mieden die Ortschaften und mussten nachts marschieren. Tönle blieb den ganzen Tag mit den Schafen und dem Hund im Wald, und wenn es Abend wurde und man den Kirschbaum auf dem Dach nicht mehr ausmachen konnte, dann kam er vorsichtig wie ein Fuchs am Waldrand hervor und ging in sein Haus, um sich ein paar Stunden auszuruhen und etwas zu essen.

Das Einzige, was ihn verdross, war, dass er kein Feuer anzünden konnte. In diesen verlassenen und beklagenswerten Orten gab es jetzt Nahrung im Überfluss, wie es in den Jahrhunderten zuvor nie der Fall gewesen war, denn in den unversperrten Häusern waren Kartoffeln, Speck, ein paar Stück Käse, Gerste und Linsen, sogar ein paar Stangen geräuchertes Fleisch; Hühner und Kaninchen trieben sich abgezehrt zwischen den Höfen und leeren Ställen herum und suchten gleichsam die Gesellschaft der Besitzer, und für versprengte Soldaten war es jetzt nicht schwierig, eines zu fangen.

Eines Abends betrat Tönle das Haus der Pûne, das einmal voll kleiner Jungen und Mädchen gewesen war und jetzt still und offen dastand. Auf den Zwetschgenbaum vor dem Haus hatte sich ein Bienenschwarm gesenkt, den jetzt niemand einfing, und im Laubengang herrschten streunende Katzen. Er betrat die Küche und sagte laut: »Ist es erlaubt?«, wie er es gemacht hatte, als das Haus noch bewohnt war.

Er betrat die Stille, blieb kurz auf der Schwelle stehen und schaute auf das Regal über den Kupfertöpfen, wo, wie er wusste, der Enzianschnaps aufbewahrt war. Die Flaschen standen noch auf ihrem gewohnten Platz, und auch die zwei Gläschen, die umgedreht waren, damit die Fliegen sie nicht beschmutzten. Er nahm die Flasche aus dunklem Glas und ein Gläschen, setzte sich auf den Strohstuhl beim Ofen, schenkte sich das Gläschen bis zum Rand voll und trank, während er auf die erloschene Glut schaute. Als er sich erhob, um Flasche und Gläschen an ihren Platz zurückzustellen, war die Dunkelheit des Abends schon ins Haus gedrungen; er schloss die Tür und schaute dort hinunter, wo noch immer das Feuer und der Rauch über dem Dorf aufstiegen.

Am Tag darauf, beim Morgengrauen, wollte er

auch in den Stall der Nappa gehen. Die Ketten hingen bewegungslos von den Futtertrögen, in denen noch das Heu war, das zu fressen die Kühe keine Zeit mehr gehabt hatten; das Streulager rundum war voller Mist. Er nahm daher den Blutkrautbesen, der hinter der Tür stand, und säuberte den Gang. Er sammelte auch die Haspeln und Spinnräder der Frauen zusammen, die verlassen herumstanden, und trug sie in die Kammer zwischen Stall und Küche, wo auf dem Webstuhl noch ein Gewebe aus Hanf und Flachs eingespannt war. Ihn überfiel eine Sehnsucht nach den geselligen Abenden, als sie hier alle versammelt waren, um ihre Geschichten zu erzählen und manchmal die Lieder der Eisenponnar zu singen.

Im letzten Maidrittel erwärmte die Sonne die Tage – das war ungewöhnlich für diese Jahreszeit –, sodass das Gras auf den Wiesen dicht wurde und man ihm von einem Tag zum andern beim Wachsen zuschauen konnte, und auf den Terrassen, wo gesät worden war, sprossen Gerste und Roggen, Kartoffeln und Flachs, Hafer und Linsen üppiger als in jedem anderen Jahr zuvor, als ob das alles der Sieg der Natur über den Krieg der Menschen sein sollte. Tönle hätte nachts seine kleine Herde in diesem verlassenen Überfluss weiden lassen können, aber er dachte nicht einmal im Traum daran. Und er wollte auch nicht seinen Ort verlassen und mit den Schafen und dem Hund in die Ebene gehen, wohin schon vor Tagen Verwandte und Landsleute gegangen waren; er fühlte sich wie der Wächter der Güter, die die anderen zurückgelassen hatten, und seine Anwesenheit war ein Zeichen, ein Symbol für das friedliche Leben im Gegensatz zur Gewalttätigkeit des Krieges. Er musste auch an seinen alten Freund, den Rechtsanwalt, denken, dem er zehn Tage zuvor die letzte Ehre erwiesen hatte, und an seine Frau, die am Matthäustag auf den Schultern vom Kartoffelacker heruntergebracht worden war und die jetzt auf dem Friedhof hinter der Kirche ruhte. Aber die Kirche war fast vollständig zerstört, der Turm von den Kanonen zerschossen und die Glocken geborsten, und die Gräber am Friedhof waren von den Bomben zerwühlt.

Aus seinem Schlupfwinkel im Wald beobachtete er, wie die Soldaten vorbeimarschierten, die in Bataillonen und Regimentern in die Schlacht zogen. Eines Tages wurde der Kanonendonner besonders bedrohlich. Dann hörte er auf.

Die Stille war beängstigender als das Grollen der Schlacht, und die Krähen und Raben, die dreist geworden waren, nahmen an diesem Tag die Höfe, Gärten und unsere verlassenen Häuser in Besitz.

Tönle sah Gruppen von versprengten Soldaten ohne Anführer vom Dhor zu den Prudeghar hinuntergehen, zum Teil ohne Waffen und verwundet; andere wiederum stiegen in Reih und Glied in die Wälder hinauf, und schweigend schlugen sie die Pfade auf die höchsten Berge ein.

Am Tag danach flammte der Kampf wieder auf, noch näher, die Kanonen begannen diesseits des Ass zu schießen und steckten wiederum Häuser und entlegene Weiler in Brand. Gegen Abend – aber es gab keine Glocken mehr, die zur Vesperstunde läuteten – braute sich in der Wassa-Gruba ein finsteres Gewitter zusammen, und mit aufzuckenden Blitzen, Donnergetöse und Hagel zog es gegen den Moschiagh und entlud sich. Gleichzeitig mit dem Gewitter brach auf demselben Berg ein österreichischer Angriff mit Infanteriefeuer und dem Einsatz von Minenwerfern los, sodass das eine und das andere Getöse, das vom Himmel und das von der Erde, zu einem Höllensturm verschmolzen.

Tönle, der unter einer Tanne Schutz gesucht hatte, deren Zweige bis zum Boden reichten, lauschte vom Waldrand des Gharto mit wachsender Angst diesem Jüngsten Gericht, und zwischen den Ästen der Tanne schaute er zu den Blitzen vom Himmel und vom Berg hinauf. Er war von diesem unheilvollen Schauspiel wie gefesselt und nicht in der Lage, seinen Blick abzuwenden und die Füße zu bewegen, um wegzugehen.

Als sich Natur und Menschen beruhigt hatten, hörte er wieder die Wassertropfen, die sich von den Zweigen lösten, aber er nahm auch, aus der Ferne, das Geschrei der Verwundeten wahr und schließlich, abgerissen und einsam, eine Gewehrsalve im Wald des Sichestals.

In dieser Nacht beschloss er, als er zu seinem Haus hinabstieg, so viel Nahrungsmittel und Tabak mitzunehmen wie er tragen konnte. Aber im Dorf traf er auf eine Gruppe versprengter Soldaten, die plünderten; zornig packte er den Stock, als ob er ein Gewehr wäre, und begann auf Deutsch zu schreien, und die Soldaten flohen überrascht, vielleicht weil sie glaubten, dass der Feind käme. Er blieb nicht in seinem Haus und ging für diese Nacht in den Schlupfwinkel im Wald, wo er sich vor fünfzig Jahren nach der Verletzung des königlichen Zollwächters versteckt hatte. Die Schafe ließ er unter der Bewachung des Hundes zwischen den Felsen der Kheldar, wo sie kaum jemand, der den Platz nicht kannte, finden konnte.

Am nächsten Tag schien es, als ob wieder Ruhe eingekehrt wäre. Die Soldaten, die durch die Bergwälder nach Norden aufgestiegen und am Leben geblieben waren, kamen wieder, gingen wieder über die Wiesen und durch die Senke und zogen sich nach Süden zurück, wo es noch immer brannte; sie machten sich daran, in den Wäldern und auf den Anhöhen, die den Zugang zur Ebene absperrten, Verteidigungsgräben auszuheben.

Beim Morgengrauen aß Tönle ein Stück geräuchertes Fleisch, zündete sich die Pfeife an und kehrte in der neuen Stille zu seinen Schafen zurück. Der Hund empfing ihn freudig, und die Schafe blökten. Mit der kleinen Herde ging er ins Freie und führte sie auf die Gemeinschaftsweiden, wo das Gras schon lange nicht mehr abgefressen worden und wie noch nie gewachsen war.

Am Nachmittag sah er ein Bataillon argwöhnisch aus dem Wald treten, und aus dem Verhalten und den Uniformen schloss er, dass es Österreicher waren; sie rückten vorsichtig – und hinter den Steinplatten am Straßenrand geduckt – bis zum schon völlig zerstörten Dorf vor. Das war am 28. Mai.

So, wie er früher die Soldaten des königlich italienischen Heeres gemieden hatte, so trachtete er jetzt – mit noch größerer Vorsicht –, den Soldaten des österreichisch-ungarischen Heeres aus dem Weg zu gehen. Die Kämpfe hatten sich jedoch in den Süden unserer Gegend verlagert, wo man äußersten Widerstand leistete, und ganze Tage und Nächte lang wurden die bewaldeten Bergrücken ohne Unterlass von den Kanonen und Minenwerfern zerfetzt und die Wälder von den Maschinengewehren zersägt.

Tönle schaute und horchte die ganze Zeit herum, während er sich im finstersten Dickicht verborgen hielt, und spitzte die Ohren nach jedem Geräusch in der Nähe, damit er nicht überrascht oder ein Schaf geraubt würde. An den Nachmittagen, wenn er wie ein wildes Tier in irgendeiner Wegkrümmung zusammengekauert saß, geschah es manchmal, dass er sich an die verstorbene Frau, an den Freund, den Rechtsanwalt, oder an die Zeit, in der er als Gärtner im Prager Schloss gearbeitet hatte, erinnerte. Seltsamerweise kam es nie vor, dass er an die drei Söhne dachte, die nach Amerika ausgewandert waren, an die zwei, die Alpini im Krieg waren, an die Enkelkinder, Töchter und Schwiegertöchter, die am zweiten Tag der Beschießung in die Ebene geflüchtet waren.

Es war am 9. Juni, als er beschloss, einen Abend zum Schlafen in sein Haus zurückzukehren; daher ließ er seine Schafe mit dem Hund in den Felsen der Kheldar und ging raschen Schrittes und entschlossen in das verlassene Dorf hinunter.

Der Feuerschein der Schlacht, an den er sich schon gewöhnt hatte, wies ihm zuerst den Weg und leuchtete dann auf das Haus. Als er es betrat, bemerkte er sofort, dass auch hier Soldaten vorbeigekommen waren; aber vielleicht war es wegen der Ärmlichkeit des Hauses und des Hausrats, dass sie keinen großen Schaden angerichtet hatten; trotzdem hatten sie ihre Spuren hinterlassen, denn die Küche war schmutzig, sie hatten jede Lade herausgerissen und einen Sessel in der Feuerstelle verbrannt. Aber die zwei alten Stiche, der mit der Bärenjagd und der mit den Wölfen, die den Schlitten anfielen, befanden sich noch auf ihrem Platz, wo sie sein Sohn Petar angebracht hatte, als er noch ein Kind war, im ersten Jahr der Flucht. Er rückte einen Stuhl heran; als er sie von der Mauer nahm, wurden dahinter weiße Kalkflecken sichtbar, die wie Löcher in der angeschwärzten Mauer wirkten. Er schaute sich um und suchte einen Platz, wo er sie verstecken konnte; schließlich entschloss er sich, sie unter einen Stallbalken zu schieben.

Als er in die Küche zurückging, trat er in der Tür in menschliche Exkremente; sofort geriet er in Zorn, fluchte, nahm den Blutkrautbesen und warf den Schmutz hinaus; aus der Regenwasserzisterne holte er einen Kübel Wasser, und mit aller Kraft schüttete er ihn auf den Steinboden; er kehrte das Wasser hinaus und stellte alles wieder auf seinen Platz; zuletzt sperrte er die Tür ab und zog sich in seine Kammer zurück, es war noch immer jene, von der er geträumt hatte, als er draußen in der Welt war und an der er sich so viele Winter erfreut hatte.

Er holte aus der Westentasche seine Uhr, zog sie auf und hängte sie wie immer mit dem Ring auf den Nagel neben dem Kopfteil des Bettes. Aber bevor er sie hinhängte, hielt er sie in der Hand, um ihr Gewicht zu fühlen und das Ticken zu hören, und wenn es ihm auch im Halbschatten nicht gelang, die Uhrzeit genau abzulesen, sah er doch die Bewegung des Hammers, mit dem der Grubenarbeiter im Sekundenrhythmus schlug, und mit den Fingern konnte er die eingravierten Worte rund um das Zifferblatt spüren;

auf der Rückseite war das Innere eines Bergwerks mit Pfählen, Laterne und zwei Bergarbeitern eingraviert. Diese Uhr hatte er vor vielen Jahren gekauft, als er durch Ulm fuhr; eingraviert war das Motto der sozialistischen Arbeiter, die gerade erst den Kampf um die Arbeitszeitverkürzung begonnen hatten. Die Inschrift hieß auf Deutsch: *Wir wollen acht Stunden arbeiten, acht Stunden lernen, acht Stunden ruhen.* Und weiter: *Für soziale Eintracht, Brüderlichkeit und Einheit.* Er wog die Uhr in der Hand und dachte dabei: In der Grube hat man sechzehn Stunden oder auch mehr gearbeitet, und jetzt gibt es statt Brüderlichkeit Krieg, und die Armen bringen sich gegenseitig um …

Er hängte die Uhr an den Nagel, zog die Schuhe aus, streckte sich auf dem Bett aus und zog sich eine alte Decke über. In der Ferne leuchteten noch immer die Brände und Kanonenblitze, und der Lärm hielt weiter an, bald stärker, bald schwächer.

Gegen Morgen hörte er, wie sich Schritte dem Haus näherten und wie heftig an die Tür geklopft wurde. Er rührte sich nicht aus dem Bett und dachte: Ja, wenn ich die Tür offen gelassen hätte, hätte niemand geklopft; eine verschlossene Tür, wenn all die anderen offen sind, heißt, dass jemand drin ist, und das wissen die Soldaten. Es klopfte stärker, der Riegel zerbrach, und die Tür schlug gegen die Wand. Er hörte ihn in der Küche gehen, den Stall betreten und dachte noch: Hoffentlich findet er nicht den Tabak. Der Soldat kehrte in die Küche zurück und stieg die Treppe hinauf.

Auch die Kammertür wurde weit aufgerissen, und mit halb geschlossenen Augen sah er im Dämmerlicht einen jungen Burschen in Uniform, der eine Zeit lang, ohne sich zu rühren, in der Tür stehen blieb und sich umschaute und dann den Blick auf das Bett richtete, wo Tönle so tat, als ob er schliefe. Angezogen vom Ticken und Glänzen der Uhr, die über dem Kopfteil hing, näherte er sich ganz langsam und streckte die Hand aus, um danach zu greifen. Tönle öffnete die Augen und sagte leise auf Deutsch: »Rühr sie nicht an, du Rotznase!«

Der Soldat war wie versteinert, und als er sich gefasst hatte, lief er hinaus und stolperte die Stufen hinunter. Auch Tönle erhob sich, kaum dass der Soldat in den Hof hinausgetreten war, zog sich hastig die Schuhe an und ging in den Stall hinunter, um den Pfeifentabak zu holen, den er, zu einem Strang geflochten, in der Streu des finstersten Winkels versteckt hatte. Aber beim Hinausgehen stieß er vor der Haustür auf eine Patrouille Österreicher unter dem Kommando eines Fähnrichs, der sich ihm sofort entgegenstellte und auf Italienisch sagte: »Ihr seid ein Spion, Ihr seid verhaftet.«

Tönle spuckte seinen vom Tabak dunklen Speichel

auf den Boden und brummte etwas, was der Offizier nicht ganz verstand; daher fragte er ihn noch einmal auf Italienisch: »Was sagt Ihr? – Komm mit!«

»Ich muss die Schafe auf die Weide treiben«, antwortete der Alte auf Deutsch, »und habe keine Zeit für Soldaten.« Er machte Anstalten zu gehen, aber auf ein Zeichen des Fähnrichs versperrten ihm zwei Soldaten den Weg und packten ihn am Arm. Mit einem heftigen Ruck befreite er sich, aber weil er nicht mehr so beweglich war wie früher, wurde er sofort wieder gepackt und festgehalten.

»Alter Teufel!«, sagte der Fähnrich auf Deutsch und mit Wiener Akzent. »Das werden wir gleich haben. Wir bringen dich auf die Kommandantur, und dort werden wir sehen, was du zu sagen hast. Wir lassen dich erschießen!«

»Du, Herr Fähnrich«, sagte der Alte und äffte den Wiener Akzent nach, dass die Soldaten lachen mussten, »bist ein Bub, der nichts versteht. Ich sage dir noch einmal, dass ich die Schafe auf die Weide treiben muss.«

Sie nahmen ihn in die Mitte und schlugen die Richtung auf das Haus der Pûne ein; durch den Grabo gingen sie gebückt, und so erreichten sie den Petareitle, wo Matío Parlío im Jahr 1909 sein Haus abseits der Welt gebaut hatte; dort hatten die Österreicher jetzt die Kommandantur eines ihrer Regimenter untergebracht. Hinter dem Haus war die

Feldküche aufgestellt, und es herrschte ein Kommen und Gehen bei den Soldaten; die einen gruben, die anderen brachten Holz, andere Wasser vom Prunnele; im Pferch von Nicola Scoa mussten sie einen Verbandsplatz eingerichtet haben, denn dort in der Nähe hielten sich Soldaten mit eindrucksvollen Verbänden auf.

Um den Alten versammelten sich sofort viele Neugierige, die miteinander flüsterten; ein Gefreiter kam, reichte ihm eine Tasse heißen Kaffee, und er nahm sie, ohne ein Wort zu sagen. Nachdem er sie vor den Blicken aller Soldaten, die versammelt waren, bedächtig ausgetrunken hatte, gab er die leere Tasse zurück und sagte: »Danke, Gefreiter.«

»Sprecht Ihr Deutsch, Opa?«, fragte dieser.

»Ja«, antwortete er, »schon vor dir.« Und er wollte kein Wort mehr sagen.

Sie geleiteten ihn also ins Haus, in die Küche, wo ein Major, mit den Händen auf den Tischrand gestützt, topographische Karten studierte, die auf dem Tisch ausgebreitet waren. Der Fähnrich, der ihn aufgegriffen hatte, blieb respektvoll in zwei Schritt Entfernung stehen, und sicher hatte er vorher berichtet, worum es ging.

»Ihr müsst also die Schafe hüten«, sagte plötzlich der Major und richtete sich auf. »Und wo sind sie?«

»In den Felsen der Kheldar.«

»Und wie viele sind es?« – »Siebenundzwanzig mit

den Lämmern.« Aber der Alte sagte »Lämmer« in unserer alten Sprache, sodass der Major ihn nicht verstand.

»Mit was?«

»Mit den jungfräulichen Schafen«, antwortete er. Worauf der Fähnrich lachte und sich eine Hand vor den Mund hielt.

»Warum seid Ihr nicht mit den anderen weggegangen, als wir bombardierten?«

»Warum? – Weil hier mein Haus ist und weil ich ein alter Mann bin.«

»Habt Ihr vorher mit einem italienischen Offizier gesprochen oder einen getroffen?«

»Mit niemandem.«

»Und wohin sind die Bersaglieri gegangen, die auf dem Monte Mosciagh waren?«

»Ich weiß es nicht.«

»Warum sprecht Ihr so gut Deutsch?« – »Warum, immer warum! – Ich war Soldat in Böhmen, und später habe ich in allen Ländern gearbeitet, wo Kaiser Franz Joseph herrscht.«

»Wer war dein Kommandant in Böhmen?«

»Der Major Fabini.«

»Der Feldmarschall von Fabini, wollt Ihr vielleicht sagen. Dann seid Ihr also ein treuer Untertan«, sagte der Major mit einem gewissen Wohlwollen.

»Nein«, antwortete er. »Ich bin nur ein kleiner Schäfer und ein alter sozialistischer Proletarier.«

»Dann seid Ihr ein Spion der Italiener und deshalb hiergeblieben.«

»Zum Teufel mit euch und den Italienern. Lasst mich in Frieden meiner Wege gehen.«

Aber auch der Major verlor die Geduld und gab den zwei Soldaten ein Zeichen, dass sie ihn wieder hinausbrachten, hinter das Haus.

Nach einer halben Stunde kam der Fähnrich mit einem Obergefreiten; sie nahmen ihn mit und führten ihn den Pfad des Platabech bis zu den Felsen der Kheldar hinauf, um sich zu vergewissern, dass die Geschichte mit den Schafen stimmte.

Und nach zwei Stunden kehrten sie mit den Schafen und dem schwarzen Hund zurück.

5

Es war ihm nie untergekommen, noch hatte er je erzählen gehört, dass Schafe unter bewaffneter Aufsicht gehütet worden wären, und die beiden steirischen Soldaten, die diese Aufgabe übernommen hatten, freuten sich fast wie Stadtkinder, als sie ihn und seine Herde zu den vor der italienischen Artillerie geschützten Plätzen begleiteten; aber nach drei Tagen, die sie immer den für die Kanonen unerreichbaren Pfaden gefolgt waren – und er kannte diese Wege besser als die Soldaten, die sie auf topographischen Karten studierten –, schickten sie sich an, die alte Grenze zu überschreiten. Die Kanonen im Süden der Senke schossen Tag und Nacht auf die Verbindungsstraßen oder auf die mutmaßlichen österreichisch-ungarischen Sammel- und Kommandoplätze und Lager: Tönle schlug langsam den längeren Weg ein, und die zwei Soldaten waren damit einverstanden.

Sie kamen an den Stellen vorbei, wo in den letzten Maitagen die Schlacht gewütet hatte, und man sah noch die Spuren: Kanonen, die explodiert waren und nun verlassen dastanden, Tross, alle möglichen Geräte, Brandspuren, verbrannte Wälder und Weiden, die von Bomben zerfetzt worden waren. Aber auch die Leichen von Tieren und Menschen.

All dieses Gerät und die Auswirkungen wollte er nicht sehen, aber sie waren da, auch wenn er nicht hinschaute, und er spürte sie wie Schatten im Gefolge, neben den Schafen und der Eskorte der zwei Soldaten. Im Wald des Sichestales, den sie rasch durchquerten, sah er dreizehn tote italienische Soldaten, einen neben dem anderen, ohne jedes Abzeichen, und einer der Begleiter sagte ihm, dass sie von ihren eigenen Kameraden auf wer weiß welchen höheren Befehl erschossen worden waren. Nicht weit von diesem Platz hoben gerade ein paar Soldaten, die kroatisch miteinander sprachen, eine Grube aus, und ihre Gewehre lagen unter einer Tanne auf einem Haufen.

Unser Alter musste sich an jenen Abend erinnern – es war der 28. oder 29. Mai gewesen –, als er nach dem Gewitter und der Schlacht Gewehrschüsse gehört hatte.

Sie gingen zum Dhorbellele weiter, wohin sie ihn einmal mit den Schafen während des Übungsschießens geschickt hatten; auf dem Monte Kuko sah er zwischen den Latschen und den Alpenrosen wieder Soldaten, die wie im Schlaf dalagen; und wieder erklärte ihm einer seiner Begleiter, es seien italienische

Soldaten, sie wären in der Schlacht vom 26. Mai gefallen, an der auch er teilgenommen habe, auf dem Portule.

Sie stiegen ins Asstal hinunter; bei den Quellen lagen österreichische Einheiten, die unter den Tannen rasteten, und schauten neugierig auf den Alten, die Schafe und die Begleiter und warfen sich spöttische Bemerkungen über diesen sonderbaren Gefangenen zu.

Endlich erreichten sie die Straße, genau die Straße, die er so oft zurückgelegt hatte, als er über die Grenze arbeiten gegangen war, und die Kanonenschüsse und der Schlachtenlärm, die nie verstummt waren und an die sich auch die Schafe gewöhnt hatten, blieben hinter ihnen zurück.

In Vezzena stießen sie auf eine Gruppe von Offizieren, die sich mit Fernglas, Umhängetasche und Ordonnanzen auf den Weg nach Italien machten, aber beim Überholen blieben sie stehen, um dieses seltsame Häuflein in Augenschein zu nehmen, und der junge Oberleutnant Fritz Lang kam auf sie zu und sprach mit einem Begleiter und dem Alten. Tönle, der beschlossen hatte, mit niemandem mehr zu reden, antwortete nicht auf die Fragen des Offiziers. Er antwortete nicht einmal, als er mitten in der Gruppe, die jenem die gebührende Achtung und Förmlichkeit erwies, seinen Kommandanten aus Budweis, eben den Major von Fabini, sah.

Der Feldmarschall von Fabini, der jetzt Kommandant der 8. Gebirgsdivision des xx. Armeekorps des Erzherzogs Karl, des Markgrafen von Asiago, war, schaute dem schmutzigen und zerlumpten Alten für einen Moment in die Augen – es war ihm auch kurz so, als ob er etwas wiedersähe oder wiedererkannte –, schließlich nahm er aber die linke Hand vom Gürtel, machte eine undefinierbare Geste und setzte seinen Weg in Begleitung seines Stabs auf der Straße in die Val d'Astico fort. Auch die anderen gingen weiter: Das heißt Tönle und seine Schafe mit dem schwarzen Hund und den bewaffneten Begleitern.

Über Nacht machten sie zwischen Santa Giuliana und Centa Rast, wo der steile Abhang des Menador endete. Tags darauf gingen sie nach Pergine hinunter, und hier trat er, ohne eine Erklärung abzugeben, in ein Bauernhaus ein, wo unsere Auswanderer immer, und zwar jeden Frühling, vor dem Weitermarsch nach Ulm Rast gemacht hatten, um sich zu stärken. Aber das Haus war leer und verlassen; das Stroh auf dem Boden und die Unordnung zeigten, dass die letzten Bewohner durchziehende Soldaten gewesen waren.

In Pergine kamen die Gendarmen, um ihn in Empfang zu nehmen. Ungern kehrten die Begleitsoldaten zur Front zurück, nachdem sie sich herzlich von ihm verabschiedet hatten. Die Gendarmen sperrten die Schafe und den Hund in einen verlassenen Stall, und er musste den Zug nach Trient besteigen. Jedes Auflehnen seinerseits war vergeblich gewesen und unnütz das Gebell des Hundes und das Geblök der Schafe. So kam er – noch immer unter Aufsicht – am Gendarmeriekommando an, wo sie ihn nach zwei Tagen wieder verhörten.

Mitten im Verhör antwortete er laut und zornig, sodass ihn sein Hund und die Schafe hörten, die gerade von Soldaten wie zum Weidewechsel unter den Fenstern vorbeigetrieben wurden. Auch er hörte die Schafe schreien und den Hund bellen; nachdem er sich mit einem Ruck zum Fenster gedreht und den Offizier, der ihn verhörte, und die Gendarmen überrumpelt hatte, begann er in seiner Hirtenart zu rufen, worauf die ganze Herde stehen blieb und die Straße, und einer Artillerieeinheit den Weitermarsch, versperrte.

Es gab kein Mittel, die Schafe und den Hund zum Weiterziehen zu bewegen, daher mussten sie ihn schließlich auf die Straße lassen und ihm erlauben, sich an die Spitze der Herde zu begeben, und wie ein König – und mit den Wachen – durchquerte er zum Staunen der kleinen Zivilbevölkerung und der zahlreichen Soldaten die Stadt.

So gingen sie bis Gardolo, aber hier trennten sie ihn endgültig von seinen Tieren und gaben ihm eine Quittung mit Stempel; er musste einen Militärtransport zum Brenner besteigen, und sie brachten ihn in ein Internierungslager, nach Katzenau, wo schon andere Zivilpersonen interniert waren.

Das waren die traurigsten Tage seines Lebens; auf den Zorn und die Kränkung, die er in den Tagen seiner Gefangenschaft empfunden hatte, folgte eine düstere Beklemmung, sodass er trübsinnig wurde und unbeliebt bei den anderen, die aus der Valsugana und aus Rovereto kamen und hier eingesperrt waren.

Da er fast keinen Tabak mehr hatte, war er unfähig, sich der vom Lagerkommandanten von Richer auferlegten Ordnung zu unterwerfen. Er aß auch wenig, denn wenn sich die Gelegenheit bot, tauschte er die Scheibe schwarzes und schlecht gebackenes Brot für ein bisschen Pfeifentabak ein; und die Abendsuppe gab er heimlich einem kleinen Mädchen, das ihn so sehr an eine seiner Enkelinnen erinnerte. Er kam sogar in Versuchung, seine Uhr gegen Tabak einzutauschen, und nachdem er sie eines Abends genau eine Stunde in der Hand gehalten hatte, entschied er sich für Nein: Zu viele Begebenheiten seines Lebens waren mit den Stunden, den Bewegungen der Federn und Räder, der Inschrift um das Zifferblatt verbunden: Es war, als gäbe er alles auf, was einmal gewesen war. Er presste die schwarzen Zähne gegen das Pfeifenrohr und zermalmte es beinahe.

Die Zeit verging ihm in dieser aufgezwungenen Muße endlos langsam, und es schien im Nachhinein, als hätte sie sich auf sein Gemüt noch zehnmal mehr ausgewirkt. In wenigen Monaten waren seine Haare ganz weiß geworden, und die Falten im Gesicht hatten sich wie Risse in einem ausgewaschenen Gebirge eingegraben; auch die Hände waren knochig geworden und hatten ihre Kraft verloren.

Eines Tages musste er, unter Aufsicht, mit zwei anderen Kameraden den Bauern bei der Kartoffelernte auf den Feldern helfen; er kam sich vor wie neugeboren, aber nur für diesen Tag, denn als er hinter das Drahtgitter und in die Baracke zurückgekehrt war, wurde seine Stimmung noch düsterer, obwohl es ihm gelungen war, ein paar Kilo Kartoffeln ins Lager zu schmuggeln. Einen Teil davon gab er der Mutter des Mädchens, das ihn »Großvater« nannte, und den Rest tauschte er gegen Tabak ein.

An diesem Abend suchte er bei Sonnenuntergang einen ruhigen Winkel auf, wo er sich beim Rauchen den Erinnerungen und seiner Sehnsucht hingeben konnte. Aber ein Wächter, der vielleicht in derselben Stimmung war, kam näher und wollte mit ihm sprechen. »Guten Abend, Großvater«, sagte er zu ihm. »Wie geht's?«

»Ich rauche«, antwortete Tönle.

»Das sehe ich. Warum seid Ihr eigentlich hier eingesperrt? Wie alt seid Ihr?«

»Über achtzig.«

»Von wo seid Ihr?«

Er antwortete nicht sofort. Er nahm die Pfeife aus dem Mund und starrte ihm ins Gesicht.

»Ich bin in der Nähe Eures Dorfes verwundet worden«, sagte der Soldat, der offensichtlich zur Überwachung abkommandiert worden war, weil er für den Kriegsdienst nicht mehr tauglich war. »Jetzt ist alles zerstört.«

»Ich weiß.«

»Ich wurde verwundet, als wir uns in die Verteidigungsstellungen zurückzogen.«

»Ah ja«, sagte Tönle, »es ist also von den Italienern wieder eingenommen worden?«

So erfuhr er, dass die Offensive der Österreicher aufgehalten und zurückgeschlagen worden war, dass alle Häuser in Trümmern lagen, dass jetzt die Linie direkt hinter seinem Haus verlief und über die Wiesen hinauf, über die Weiden und durch die Wälder und über die Berge, bis zur alten Grenze am Passo dell'Agnella.

Aber sein Haus nicht, vielleicht war es nicht zerstört; seine Ahnen hatten das Haus an einem vor Unwetter und vielleicht auch vor Kanonenschüssen geschützten Platz gebaut.

Ein trauriger Herbst kam, ohne die Farben, die bei uns so leuchtend sind; ein feiner grauer Regen fiel auf die Welt im Krieg. Der alte Tönle Bintarn schaute durch die vergitterten Fenster der Baracke und dachte an das Feuer in seinem Haus, an den Kirschbaum auf jenem Dach, an die anderen Häuser im Dorf, an den Rauch aus den Kaminen und an alles, was in diesen Häusern gewesen war: an die Toten und Lebenden. Und die Zeit in dieser Baracke, die voller Gerüche, unnützer Stimmen und Feuchtigkeit war, verstrich endlos langsam.

In dieser nicht enden wollenden Zeit kam die Nachricht ins Lager, dass Kaiser Franz Joseph gestorben war. Tönle erinnerte sich, dass er ihn einmal, bei einer Militärparade nach den Manövern an der russischen Grenze, gesehen hatte; schon damals war er ihm alt erschienen mit dem langen Backenbart und dem dichten grauen Schnurrbart. Und wenn er schon alt war, als ich Soldat war, dachte er, wer weiß, wie alt er tatsächlich geworden ist. Vielleicht hundert. Aber warum haben sie dann diesen Krieg angefangen? Wie kann ein Alter mit hundert Jahren, auch wenn er Kaiser ist, Soldaten kommandieren? Es sind nicht die Kaiser und Könige, die befehlen. Aber wer sonst? Die Generäle? Die Minister? Es kam ihm so vor, als seien die Manöver und Militärparaden Spiele gewesen, mit denen man den Kaiser unterhielt; und dass der Krieg, wie er ihn in seinen Bergen gesehen hatte, nichts anderes als das Spiel mächtigerer Leute als Kaiser Franz Joseph und König Vittorio Emanuele war.

Kommandant von Richer, der für die im Lager internierten Zivilpersonen verantwortlich war, legte zum Zeichen der Trauer am linken Arm eine schwarze Seidenbinde an, und eine Woche lang sprach er nicht einmal mit den diensthabenden Soldaten; er befahl nur mit schnellen verhaltenen Gesten.

Und der nicht enden wollende, feine graue Regen benetzte die Scheiben hinter den Fenstergittern, durch welche die Augen des alten Tönle ohne Unterlass nach irgendeinem Frühlingszeichen Ausschau hielten, obwohl dieser unmöglich schon kommen konnte.

Ganz langsam kam Weihnachten näher; durch die spärlichen Risse in den grauen und ausgefransten Wolken über dem Land und den nackten Bäumen gelang es Tönle manchmal, in verzehrender Schwermut einen Blick auf die schneebedeckten Berge im Westen von Linz zu erhaschen: Er dachte, dass hinter diesen Bergen noch höhere lagen, dass an einem bestimmten Punkt das Wasser der Flüsse den anderen Abhang hinunterfloss, wo die Sonnenseite war, und dort, in den Bergen der Südseite, war sein Haus mit dem Kirschbaum auf dem Dach.

Nachts, wenn er auf dem Sack aus Hobelspänen auf dem Brettergestell ausgestreckt war, lag er mit offenen Augen und starrte im Dunkel in den Dachstuhl der Baracke, und immer bei Tagesanbruch überfiel ihn eine heftige Ruhelosigkeit. Er lauschte den gleichmäßigen Schritten der Wachen, den Worten aus den Träumen, den Seufzern, Gebeten und Flüchen der Barackengenossen, dem Weinen der Kinder im Frauenlager.

An einem dieser Morgen musste er mit anderen zum Bahnhof gehen, um von den Waggons Kohl für die Lagerküche abzuladen. Er marschierte gern, vor allem weil ihm die Zeit schneller verging, wenn er etwas zu tun hatte. Sie arbeiteten Stunde um Stunde und reichten sich in einer Kette die großen Kohlköpfe weiter, die auf Wagen gestapelt wurden, die aus dem Heer ausgemustert und von mageren und verwundeten Pferden gezogen worden waren. Aber als der letzte Waggon Kohl beinahe leer war und die Wachen sich im Bahnhofsbüfett ein Bier genehmigten, beschloss Tönle zu verschwinden, und ohne ein Wort zu sagen, zog er die Jacke an, tat so, als urinierte er gegen eine Hecke und schlüpfte durch sie hindurch und schritt geschwind über die vom Regen durchtränkten Felder, die sich vor ihm ausbreiteten.

Ein paar Stunden trachtete er, im Schutz von Bäumen und Gräben zu marschieren, dann ging er unbekümmert weiter. Auf einer Straße zwischen den Feldern traf er einen schwachsinnigen Burschen auf einem Wagen, der von einer vom Alter gezeichneten Stute gezogen wurde; er sprach ihn an und stieg auf den Wagen; so legten die beiden ein gutes Stück Wegs gemeinsam zurück.

Als sie bei dem Bauernhaus ankamen, das der Junge mit seiner Mutter bewohnte, lud ihn diese sogar ein, bei ihnen zu bleiben, wenn er Lust hätte, um ihnen bei der Arbeit zu helfen, jetzt, da alle im Krieg waren.

Er blieb ein paar Tage, aber dann machte er sich wieder auf den Weg. Er wollte den Flussläufen bis zur Wasserscheide hinauf folgen und dann hinuntergehen. Es war nicht das erste Mal, dass er das machte! Nur dass ihm jetzt die Jahre schwer in den Beinen lasteten und dass Krieg war und dass er aufpassen musste, damit er nicht wieder entdeckt wurde.

Auf seinem Weg mied er die Städte und größeren Orte; er unterbrach ihn erst bei allein stehenden Häusern mitten in den Bergen, wo niemand Verdacht schöpfte, und verrichtete kleinere Arbeiten: Er war nur ein alter, wortkarger Landstreicher, der sein Leben auf irgendeine Weise verlängern wollte.

So hatte er in zwei Wochen an die hundert Kilometer geschafft und kam nach Trofaiach bei Leoben. Und dort geschah es, in einem Gasthaus, dass ihn ein übereifriger Gendarm, der zufällig vorbeigekommen war, nach einem Ausweis fragte. Er glaubte, Tönle brauche Hilfe, weil er so verwahrlost aussah. Aus seiner abgewetzten Brieftasche zog Tönle das Blatt, auf dem man ihm seinen Militärdienst für Kaiser

Franz Joseph bestätigt hatte, aber aus demselben Papier ging leider Gottes sein Geburtsort hervor, und der war jetzt nicht mehr in Österreich. Das erweckte bei dem Gendarmen Verdacht; er wollte mehr wissen und brachte ihn dazu, unter den anderen Papieren in seiner Brieftasche zu stöbern: Da war eine Arbeitsbescheinigung, eine Erinnerung an den dreißigsten Geburtstag seiner Frau mit Fotografie, ein anderes, typisch amerikanisches Foto von seinen drei ausgewanderten Söhnen, und leider auch die Empfangsbestätigung für die Herde und den Hund, die beschlagnahmt worden waren.

Der Gendarm forderte ihn auf, sich vom Tisch zu erheben – Tönle hatte sich hingesetzt, um ein kleines Bier zu trinken – und ihm in die Kaserne von Leoben zu folgen, wo sie ihn lange und geduldig in einer warmen Amtsstube verhörten, während draußen Schnee fiel.

Aber der alte Dickschädel wollte nicht antworten oder antwortete auf seine Weise. Sie sperrten ihn ein, um die Ergebnisse der Ermittlungen abzuwarten, und als nach drei oder vier Tagen die Antworten eintrafen, ließen sie ihn in einen Zug steigen und schickten ihn nach Katzenau zurück, wo ihn der Baron von Richer wieder in Empfang nahm, allerdings mit einem Vorwurf, hinter dem aber im Grunde Verständnis und Bewunderung verborgen waren.

Zwei Tage vor Weihnachten verwandelte sich der

feine graue Regen über dem Lager in nassen und schweren Schnee; zuerst mischte er sich mit dem Straßenkot; dann war alles bedeckt. Als Tönle am Morgen des 25. Dezember, nachdem er die beschlagenen Scheiben mit der Hand abgewischt hatte, zum vergitterten Fenster hinausschaute, las er im Schnee vor der Baracke in Fraktur-Großbuchstaben: *FROHE WEIHNACHTEN!*

Ein Posten der letzten Nachtwache hatte es geschrieben, während man von Weitem die ersten Glocken aus den Dörfern hörte. Aber während sich all das zutrug, was ich erzählt habe, ereignete sich auch viel bei den Verwandten von Tönle und unseren Landsleuten, die in die Ebene des Veneto und weiter geflohen waren.

Gemäß einer Präfekturweisung hatte die Gemeinde ihren Sitz provisorisch nach Noventa verlegt, und dort fingen der Bürgermeister und die Förster an, die zerstreuten Landsleute ausfindig zu machen und Nachrichten von ihnen einzuholen, um sie zu registrieren, ihnen einen Wohnsitz zu verschaffen und, je nach Möglichkeiten und Bedürftigkeit, in Zusammenarbeit mit Zivil- und Militärbehörden und eigens dafür gegründeten Komitees zu helfen.

Aber es muss auch gesagt werden, dass unseren Leuten, die alles durch den Krieg verloren hatten, von den Landsleuten im Königreich bei Weitem nicht immer materielle Hilfe, Mitgefühl und Verständnis entgegengebracht wurden. Wegen unserer althergebrachten Selbstverwaltung, unseres Charakters, der seltsamen und uralten Sprache, wegen des armseligen Äußeren, des zurückhaltenden und bäuerischen Benehmens wurden unsere Gebirgler für österreichfreundlich gehalten und sogar beschuldigt, Verräter zu sein, weil sie dem verhassten Feind gestattet hatten, den geheiligten Boden des Vaterlandes zu betreten; als ob Frauen, Alte, Kinder und Kranke mit ihren Körpern den Kanonen und Maschinengewehren Widerstand hätten leisten können. Und so waren sie natürlich in Verdacht geraten. Irgendein General hatte absichtlich das Gerücht vom »Verrat« unserer Leute in Umlauf gebracht, um auf diese Weise von der eigenen Unfähigkeit abzulenken, damit nicht seiner schlechten Führung der Truppen die Schuld für den österreichischen Erfolg zugeschoben wurde; dieser Verdacht wurde dann übrigens sofort entschärft, als Cadorna Mannschaftsersatz oder Umgruppierung befahl.

Als man schließlich ein paar Monate nach dem Mai 1916 eine Zählung der Flüchtlinge abhalten konnte, bemerkte man, dass auch unser alter Tönle Bintarn fehlte; und man konnte ihn in keiner Hütte der Pedemontana oder auf den Feldern in der Nähe der Lagunen auffinden, wo die Hirten seit undenklichen Zeiten die Herden überwintern ließen. Nur

Bepi Pûne, der Junge, der die Schafe des Parlío beaufsichtigt hatte und der zum Bataillon Sieben Gemeinden einberufen worden war, berichtete, dass er ihn gesehen hatte, als er in die Wälder hinaufgestiegen war, an dem Tag, an dem alle in die entgegengesetzte Richtung flüchteten.

Von Noventa aus ließ der Bürgermeister ans Rote Kreuz schreiben, um sich zu erkundigen, ob es möglich sei, über die Schweiz Nachricht von der feindlichen Seite zu erhalten. In Mailand ging der Sohn des Rechtsanwalts Bischofar, der sich mit der Familie dorthin begeben hatte und am Stadtrand bei der Porta Ticinese armselig lebte, zum Komitee des Flüchtlingshilfswerks, zum Fürsorgewerk Lyceum femminile, nicht um Hilfe für sich selbst zu erbitten, sondern mit den Angaben des Meldeamts über unseren Alten, die ihm einer seiner Freunde hatte zukommen lassen, damit er sich dieses Falles annahm. Und so begannen sich auch die »Dame Milanesi« einzuschalten, und durch die Anwälte, das Rote Kreuz, die verschiedenen Komitees erfuhr man schließlich, dass er am Leben war, in einem Internierungslager in Österreich, in der Umgebung von Linz; daher konnte man den Söhnen und Enkeln, die nach Varese geflüchtet waren, den beiden Söhnen bei den Alpini, die jetzt am Ortigara kämpften, und den drei Söhnen in Amerika Nachricht geben.

Nach etwa einem Jahr konnte ein Tessiner Priester im Auftrag des italienischen Roten Kreuzes, der Abteilung des Lyceum femminile in Mailand, einen Besuch im Lager Katzenau abstatten, um die Bedingungen der internierten Zivilpersonen zu kontrollieren; gleichzeitig schlug er den österreichischen Behörden die Entlassung und Rückführung der Kranken, Frauen und Kinder im Austausch gegen gleichfalls gefangene österreichisch-ungarische Verwundete über die Schweiz vor, mit der Einschränkung jedoch, dass sie nach ihrer Gesundung nicht wieder zu den Waffen greifen durften.

Schon im Juli hatte ein Austausch stattgefunden, und etwa hundert Zivilpersonen hatten heimkehren können.

Der für die Gefangenen Verantwortliche, der Baron von Richer, der aus Anlass des Todes von Franz Joseph Trauer trug, hörte sich mit großer Reserviertheit den Vorschlag des Priesters an, wenngleich er innerlich darüber erfreut war, weil ernste Schwierigkeiten bei der Versorgung und den hygienisch-sanitären Verhältnissen aufzutreten begannen.

Der Tessiner Priester erhielt die Erlaubnis, durch das Lager zu gehen, und als er bei der Besichtigung den allerdings verächtlich blickenden Alten alleine sah, welcher versunken auf Königskerzenblätter schaute, die er zum Trocknen in die Sonne gelegt hatte, um sie dann in seiner von einer Kruste überzogenen und vom Speichel getränkten schwarzen Pfeife zu rauchen, trat er näher, um ihn genauer betrachten zu können. Er kam noch näher, und der Alte schaute nicht auf, aber als er auf den Blättern den Schatten eines Menschen sah, sagte er: »Geh weg, sie müssen trocknen.«

Jetzt sprach ihn der Priester an, fragte ihn freundlich, woher und wie alt er war, was er machte, wie es ihm gesundheitlich ging. Er ließ sich den Namen wiederholen, schrieb ihn in sein Notizbuch und ging wieder. Sein Gruß war nicht erwidert worden.

Wer weiß, warum von Richer auf die Anfrage, Tönle auf die Liste der Heimkehrer zu setzen, so viel Widerstand leistete; vielleicht weil er ihm von den Gendarmen besonders empfohlen worden war oder weil sie Angst hatten, dass er etwas berichten könnte, was er in der Etappe gesehen hatte, vielleicht weil er einmal Soldat des kaiserlich-königlichen Heeres gewesen war (und ich glaube, dass das der Hauptgrund war) oder weil er österreichische und deutsche Dialekte sprach und Böhmisch, Ungarisch, Kroatisch, Italienisch und diese fremde Sprache, die man Zimbrisch nennt.

Aber der Tessiner Priester war zumindest ebenso dickköpfig wie der Baron von Richer, den er am Ende überredete, den wunderlichen und störrischen Alten rufen zu lassen und zu befragen. Nachdem dieser lange beharrlich geschwiegen hatte, gelang es ihnen schließlich, Tönle zum Reden zu bringen, und in einwandfreiem Deutsch sagte er, ja, er würde nach Hause zurückkehren, aber dort müssten sie ihm seine Schafe und den Hund wiedergeben, die ihm die Soldaten weggenommen, die Gendarmen sogar beschlagnahmt hatten, nachdem er gefangen genommen worden war. Er hatte eine Quittung. Und während er das sagte, zog er die Brieftasche aus einer bestens versteckten Tasche im Jagdrock aus Flanell und daraus ein zusammengelegtes Blatt, das er vor den beiden auseinanderfaltete und sie zu lesen aufforderte.

Von Richer und der Priester lasen es und schauten sich an, dann sagten sie, ja. Sie hätten die Schafe und den Hund für ihn ausfindig gemacht, aber Tönle begriff, dass das eine barmherzige Lüge war, auch zu sich selbst, und ein halb spöttisches, halb trauriges Lächeln, ein Hirtenlächeln, ging durch seine Augen. Sicher konnten es die beiden nicht deuten, aber sein Name wurde in das Verzeichnis der Heimkehrer aufgenommen.

Die Kopien dieses Verzeichnisses wanderten von einer Amtsstube in die andere, von Wien nach Rom, von Genf nach Mailand; sie wurden in Protokolle aufgenommen, gestempelt, auf der Rückseite wurden Eintragungen gemacht; und die Begleitschreiben wurden überprüft, die Vollziehung wurde zugesichert, der

Empfang bestätigt. Auch die Verzeichnisse der Gegenseite wurden durchgesehen und geprüft.

In der Zwischenzeit vergingen Monate und Wochen, der Herbst des Jahres 1917 rückte heran. Tönle erfuhr von einer italienischen Offensive, die in unseren Bergen stattgefunden hatte und fehlgeschlagen war; es war jene, die als die Ortigara-Offensive berühmt wurde.

Es begann wieder zu regnen, und langsam, wie schlammiges Wasser, näherte sich der Winter. Immer abgezehrter, trauriger und jähzorniger wurden die Internierten von Katzenau, immer größer die Augen der Kinder, die ihn Großvater nannten, immer weniger waren sie zu Scherzen aufgelegt. Und die Zahl der Toten wuchs, die nicht wie der fast hundertjährige Franz Joseph starben, der in seinem Bett und in seinem großen Haus entschlafen war. Es kam zu den Gefechten von Karfrei, von denen man sofort erfuhr, und es schien, dass sich der Krieg dem Ende zuneigte, aber es gab auch die Gefechte am Piave, und der Krieg ging weiter.

Es war Dezember, und seit Tagen regnete es, im Internierungslager von Katzenau erfüllten Feuchtigkeit und Schimmel die Luft, nisteten sich in den Baracken, ins Brot aus Sägespänen und in die Herzen der Menschen ein. Mit Schlägen einer Eisenstange gegen ein von einem Gerüst hängendes Schienenstück rief man eines Tages alle zum Appell.

Sie riefen die Namen auf, die auf einer mit zahlreichen Stempeln versehenen Liste geschrieben standen, stellten die Auserwählten auf einer Seite in Reihen auf, ließen sie die wenigen Habseligkeiten, die sie noch hatten aufheben können, an sich nehmen, und müden Schrittes und die ganze Zeit in dem leisen Regen, der eintönig klopfte, wurden sie zum Bahnhof geleitet, wo ein Militärzug bereitstand, in den sie verladen wurden.

In der Zwischenzeit hatte das Mailänder Komitee des Roten Kreuzes die Verwandten, die man noch ausfindig machen konnte, davon unterrichtet, dass der Zug mit den Zivilinternierten am Hauptbahnhof zu der und der Zeit an dem und dem Tag eintreffen würde, damit sie kämen, um sie in Empfang zu nehmen.

Aber dieser Zug war langsam und die Reise lang, sie ging über Salzburg und Innsbruck, Landeck und Feldkirch, von wo er endlich in die Schweiz fuhr und einen Tag später als vorgesehen – über Graubünden und das Tessin – in Mailand unten ankam.

Es war Nacht; die Verwandten, die den ganzen Tag gewartet hatten, waren müde und froren und hatten in den Wartesälen Zuflucht gesucht, aber die meisten waren in den Aufenthaltsräumen, die für Soldaten auf dem Durchmarsch eingerichtet worden waren und wo sie, unter Aufsicht der Damen des Roten

Kreuzes, auch ein heißes Getränk, ein Feldbett aus Stoff und eine Decke mit Flöhen und Läusen bekommen konnten.

Im Regen, unter Dampfgeschnaube, Pfiffen und dem Gekreisch der Bremsen, hielt der Militärzug auf einem abgelegenen Gleis. Das Rote Kreuz war von der Ankunft des Zuges erst wenige Minuten vorher benachrichtigt worden, sodass niemand außer ein paar Gleisarbeitern am Bahnsteig war und wartete.

Steif und mit von der langen Reise starren Gliedern, mit ihren armseligen Bündeln und matt vor Hunger, stiegen die Heimkehrer in kleinen Gruppen aus; einer half dem andern, und sie hielten überall Ausschau nach einem bekannten Gesicht, das nicht da war.

6

Unter den Ersten, die ausstiegen, war auch Tönle, er hatte ein Kind im Arm, das er dann der Mutter übergab; da er nichts bei sich hatte und nichts sah, was ihn jetzt hätte zurückhalten können, ging er mit entschlossenen Schritten, die kalte Pfeife zwischen den Zähnen, auf ein dünnes Licht zu, das er weit hinten am Ende der Gleise sah und welches das Schlusslicht eines anderen Zuges hätte sein können.

Es war aber die Verpflegungsstelle für die Soldaten auf dem Durchmarsch. Dort drin war es warm und rauchig, und er bahnte sich, ohne viel Umstände zu machen, den Weg zur Theke. Barsch fragte ihn ein Unteroffizier, was er da drinnen wolle und von wo er käme. Tönle antwortete noch viel mürrischer und kurz angebunden, woher er kam und was er wollte: Tabak für die Pfeife.

Inzwischen kam ein Soldat näher, der bei den anderen war, und starrte ihm ins Gesicht.

»Ja, er ist es«, sagte er dann. »Seid Ihr nicht der Hirt, dem wir vor drei Jahren in den Bergen, als wir

Schießübungen hatten, befahlen, sich mit den Schafen in den Wald zurückzuziehen?«

Auch Tönle starrte ihm ins Gesicht und erkannte den jungen Artilleristen, der ihn über die Schafe und Weiden ausgefragt hatte, weil auch er Hirt war, in Sardinien. Es schien ihm, als hätte er das wiedergefunden, was er verloren hatte. Das ist einer, dachte er nach einem Augenblick, den man um etwas Tabak bitten und mit dem man reden und sich verstehen kann.

»Kommt«, sagte der Soldat, »ich lade Euch auf ein Glas ein.«

Aber der Unteroffizier mischte sich ein und sagte, dass Zivilpersonen nicht da drinnen bleiben dürften, worauf die Soldaten schallend im Chor lachten und ihm irgendetwas entgegenschleuderten, das ihn kleinlaut verstummen ließ.

Die zwei Hirten, die merkwürdige Umstände zusammengeführt hatten, gingen zur Theke, wo der jüngere einen halben Liter Wein bestellte und dem Alten eine Papierschachtel mit fünf halben Toskani hinhielt. Seit einem Jahr träumte er von einem solchen Tabak, und er zerbröselte eine halbe Zigarre in der Hand: Den Großteil drückte er in die Pfeife, den Rest steckte er in den Mund, um ihn zu kauen.

Der Alte rauchte bedächtig und mit gierigem Vergnügen, er rauchte und berichtete mit wenigen Worten von seinem und der Schafe Abenteuer. Dann erzählte ihm auch der Soldat seine Erlebnisse; danach trennte der Alte den Jackenrand mit seinen Nägeln auf, holte ein silbernes Fünflirestück heraus und bestellte noch Wein. Er fühlte, wie es ihm nach so langer Zeit warm ums Herz wurde, und nach dem Tabak und der Pfeife spürte er, dass er auch großen Hunger hatte, und so bestellte er Brot und Käse und noch einen Liter Wein für die Soldaten, die näher herangekommen waren und zuhörten.

Auf einmal ging die Tür auf, und zusammen mit Nebelschwaden und Kohlengestank drang in den Raum eine raue Frauenstimme: »Ist hier ein alter Zivilist?«

»Ne-ein«, antworteten mehrere Stimmen, »hier sind keine Alten!«

Es war nämlich so, dass der Alte den Beamten des Roten Kreuzes bei der Kontrolle und beim Aufruf, als sie die Liste überprüften, nicht geantwortet hatte. Sie suchten ihn sofort auf dem ganzen Bahnhof, und eine Tochter, die eigens aus Varese gekommen war, wo sie Zuflucht gefunden hatte, weinte und war untröstlich.

»Vielleicht ist er an den Kontrollen ungesehen vorbeigekommen, es ist Nacht«, sagten ihr die Beamten. »Er wird in die Stadt gegangen sein. Weint nicht, Ihr werdet sehen, dass wir ihn morgen finden.«

Es wurde Morgen, und der sardische Soldat musste

mit einem Militärzug zu seinem Regiment zurückkehren, an die Altipiano-Front.

Der Alte fragte ihn: »Geht dein Zug über Vicenza oder Padua?«

»Ich glaube, ja«, antwortete er ihm.

»Dann fahre ich auch mit dem Zug.«

Und so mischte er sich unter die Soldaten und stieg in einen Viehwaggon; eine Streife ging durch den Waggon, und alles war in Ordnung, der Zug pfiff, der Zugführer zeigte mit der Laterne freie Fahrt, und der Militärzug fuhr donnernd, unter dem Zusammenstoßen der Puffer und dem falschen Gesang der Soldaten, los.

Der Zug fuhr den ganzen Tag durch die Ebene, ließ Städte und Flüsse hinter sich zurück; manchmal hielt er auf offener Strecke, manchmal außerhalb der Haltestellen. Aus Vicenza fuhr er langsam zwischen Soldateneinheiten, die auf den Bahnsteigen in Reih und Glied aufgestellt waren, und anderen Zügen, die mit Kriegsmaterial beladen waren, hinaus; der Alte schielte durch das kleine obere Fenster zu den weißen Bergen hinauf, die vor ihm zwischen den Wolken auftauchten, und dachte: Bald bin ich daheim.

Der Militärzug hielt in Cittadella, und hier stiegen die Soldaten lärmend aus, nachdem sie ihm Tabak, Zigarren, Zwieback, ein paar Fleischbüchsen und einen Brotbeutel, der nicht mehr gebraucht wurde, geschenkt hatten. Ohne von den diensthabenden Streifen bemerkt zu werden und nachdem er sich von dem sardischen Soldaten, der ihn »Onkel Antonio« nannte und mit »Ihr« ansprach, verabschiedet hatte, schlich er sich wie eine Katze durch die Hecken und Bretterzäune ins Freie auf das Land hinaus.

Er wusste, dass nicht weit von dieser von Mauern umgebenen Stadt die Straße der Hirten verlief, die seit Jahrhunderten die Berge mit den Untiefen des Meeres verband; daher ging er quer über die Felder nach Westen, bis er am Brenta-Ufer auf sie stieß. Aber es wurde bald Nacht, ganz überraschend, daher blieb er in einer Hütte aus Maisstangen; er streckte sich in der Streu aus, zündete die Pfeife an, und nachdem er geraucht hatte, schlief er müde und beinahe zufrieden ein: weil er seine Unabhängigkeit und Freiheit wiedererlangt hatte, weil er das Haus und alles andere schon nahe wusste.

Mitten in der Nacht weckte ihn eine sonderbare Unterhaltung; er war sofort hellwach und spitzte die Ohren, ohne sich zu bewegen: Er verstand nicht, was die Leute draußen leise redeten; es schien ihm weder ein italienischer noch ein deutscher Dialekt zu sein. Er bewegte sich nicht und öffnete erst die Augen, als zwei Soldaten in die Hütte traten und ein Streichholz entzündeten. Sie lachten, als sie den zusammengekauerten Alten erblickten, der die wachsamen Augen eines Nachttiers hatte; einer steckte die Hand in die Jackentasche, zog eine Packung Zigaretten heraus und warf sie ihm hin. Der Alte wusste nicht, in welcher Sprache er ihm danken sollte; sie gingen hinaus, sprachen mit denen, die draußen warteten, und entfernten sich in der Nacht.

All das konnte den Alten nicht überraschen, nur dass er nicht wissen konnte, dass das eine englische Patrouille der Royal Garrison Artillery war, die nach den Gefechten von Karfrei in das Gebiet gekommen war.

Vor Tagesanbruch stand er auf und setzte sich, steckte ein Stück Zwieback in den Mund und speichelte es gut ein, bevor er es kaute, zündete sich noch die Pfeife an und ging hinaus; er wollte ans Brenta-Ufer und von dort stromaufwärts in die Berge gehen, die sich grau und von Wolken bedeckt im Norden erhoben. Und es war beim ersten Schein der Morgenröte, dass er wieder Kanonendonner hörte.

Da inzwischen bewiesen war, dass er in Katzenau den Zug bestiegen hatte, durch die Schweiz gefahren und auch bei der Kontrolle in Chiasso im Zug gewesen und in Mailand angekommen war, wie die Mutter des Kindes bezeugt hatte, musste sein Verschwinden am Hauptbahnhof als sicher angenommen werden. So verständigten die Behörden des Roten Kreuzes also unseren Bürgermeister in Noventa, die verschiedenen Komitees, die Bürgermeister der Gemeinden der Pedemontana, die Carabinieri, Wachen, Absperrungen, und als Letzte wurden auch seine beiden Söhne Matío und Petar verständigt, die glücklicherweise die Schlachten überlebt hatten, die um die Eroberung der Ortigara und die Verteidigung des Monte Fior geführt worden waren.

Jetzt waren sie mit ihrem Bataillon auf die äußerste Linie zurückgewichen, längs der Felsen, die zum Brentakanal abfallen, zur »Verteidigung bis zum letzten Mann«. Oberst Magliano ließ den Älteren der beiden rufen – das Kommando lag in einer Höhle unter dem Sasso Rosso –, und nachdem er ihm eine Sondererlaubnis für drei Tage unterzeichnet hatte (man muss wirklich »Sondererlaubnis« sagen, denn angesichts der Situation waren jeder Urlaub und jede Genehmigung gestrichen, aber der Oberst Magliano hatte ein gutes Gedächtnis und erinnerte sich an den sonderbaren Alten), sagte er Petar, er solle den Vater suchen gehen, der ziemlich sicher in diese Gegend gekommen sein musste.

Sobald sich Tönle im Lauf des Tages den Bergen näherte und immer deutlicher den Lärm des Kanonendonners hörte, ging er langsam, scheinbar sorglos, aber in Wirklichkeit beobachtete er aufmerksam alles, was um ihn geschah. Er wich Carabinieri, Patrouillen, Offizieren aus, während es ihm nichts ausmachte, neben in Reih und Glied marschierenden Abteilungen zu gehen, die auf Nebenstraßen zu den Wäldern hinaufwollten.

Durch die Hauptstraßen fuhren lange Reihen Lastwagen und Artilleriefahrzeuge. Nachdem er Bassano und Marostica umgangen hatte, machte er einen Bogen um Vallonara und Crosara und ging nun auf Santa Caterina zu, und als er an dem Stein, der die Grenze zwischen der Republik Venedig und den Sieben Gemeinden anzeigte, vorbeiging, stieß er einen Seufzer der Erleichterung aus: Am nächsten Tag würde er endlich zu Hause sein.

Beim Aufstieg nach Conco, auf einem Saumpfad zwischen Kastanien- und Nussbäumen, schloss er sich einem Infanterieregiment an, das zum Altipiano marschierte. Es waren fast nur sardische Soldaten, die ihm während der vorschriftsmäßigen Rast erzählten, dass sie seit über einem Jahr in diesen Bergen und Wäldern waren, dass sie auf dem Monte Fior und Monte Zebio gekämpft hatten. Darauf ließ er sich erklären, wo die Schützengräben verliefen, in welchem Zustand die Gegend und die Dörfer waren; schließlich, ob Deutsche oder Italiener sie besetzt hielten.

So erfuhr er, dass damals, im Juni des vergangenen Jahres, wenige Tage nachdem die Österreicher ihn mit den Schafen weggeführt hatten, die italienischen Soldaten sein Dorf wiedererobert hatten und sich die Kaiserlichen auf den Porchecche zurückgezogen hatten.

Während sie sich in aller Ruhe unterhielten, hatte sich ein großer und hagerer Hauptmann mit lebendigem Blick der Gruppe genähert.

»Onkel«, sagte plötzlich dieser Hauptmann – und die Soldaten machten beim Klang seiner Stimme Anstalten aufzustehen, aber er bedeutete ihnen mit der Hand, sitzen zu blieben –,

»Onkel, wohin wollt Ihr?«

»Nach Hause«, antwortete Tönle und nahm die Pfeife aus dem Mund, »zu mir nach Hause.«

»Wo wohnt Ihr?«

Tönle Bintarn nannte den Namen des Dorfes, und der Hauptmann Emilio Lussu lachte traurig. »Die Österreicher haben es in diesen Tagen wieder eingenommen. Kehrt in die Ebene zurück«, sagte er, »und wartet, bis alles vorbei ist. Habt Ihr keine Verwandten?«

»Bataillon, Tornister schultern! Marsch!«, hörte man es an der Spitze der Kolonne, die haltgemacht hatte, rufen. Und dann: »Hauptmann Lussu, die Nachzügler aufschließen lassen!«

Murrend und witzelnd luden die Soldaten ihre Bündel wieder auf und marschierten weiter in Richtung des Kanonenlärms. Tönle folgte ihnen nicht. Aber er kehrte auch nicht um, er ließ sie vorausgehen und sah, wie ihm der große und aufrecht stehende

Hauptmann ein Zeichen mit der Hand gab, einen Gruß und ein »Geht zurück!«

Langsam dämmerte es, und die Luft wurde kalt und feucht; er machte sich wieder auf den Weg und folgte einem Pfad auf halber Höhe, der zu einem Stall führte, der im Sommer den Tieren Schutz bot; in einer Ecke war ein Haufen trockenes Laub, weiche und raschelnde Buchenblätter; dahinein legte er sich und deckte sich zu, um sich vor der Kälte zu schützen. Er wollte zu einer bestimmten Zeit in der Nacht wieder auf dem Weg nach Hause sein: In drei Stunden würde er daheim sein, auch wenn er langsam und vorsichtig ging, um keine Soldaten zu treffen.

Er zog die Uhr auf, aß ein bisschen von dem, was er im Brotsack hatte, zündete sich die Pfeife an und wartete, dass die Zeit verging. Als er vorsichtig ein Streichholz entzündete, um nach der Zeit zu schauen, war es drei Uhr. Bald darauf stand er auf, säuberte sich von den Blättern und trat ins Freie.

Die Wolken waren alle in die Ebene hinuntergezogen, und der Himmel über den Bergen zeigte sich klar und kalt, und die Kälte und die vielen Sterne erinnerten ihn eigentümlich an den Winterhimmel über dem Dach seines Hauses, mit dem Geruch von Holzrauch, dem Schnee, den Weihnachtsliedern. Es müsste wirklich schon Weihnachten sein, dachte er.

An die Trockenmauer war ein Stock gelehnt, den

irgendein Kuhhirte in der Weidezeit vergessen hatte; diesen nahm er und machte sich auf den Weg. Er entfernte sich mit flinkem Schritt, so, wie er früher beim Überschreiten der Grenzen gegangen war. Er mied Dörfer, Militärlager, Arbeiterkompanien im Dienste der Armee, Batterien mit großen Kalibern, Sperren. Daher brauchte er mehr Zeit als vorgesehen, und als er an den Anfang des großen schwarzen Waldes kam, der unsere Berge zur Ebene hin abgrenzt, war es schon Tag geworden.

Jetzt, im Wald, konnte er unbesorgter gehen, und er schlug den Pfad ein, der auf der Höhe entlang der Grenze zwischen zwei Gemeinden verlief und auf den Monte Sprunch führte. Aber an einer bestimmten Stelle konnte er nicht weiter: Er machte einen Bogen und ging wieder zurück, und immer wieder stieß er entweder auf eine zwischen den Tannen versteckte Batterie, auf einen Schützengraben in der zweiten Linie oder auf ein Gewirr aus Drahthindernissen. Daher verzichtete er auf jede Vorsichtsmaßnahme und ging einfach ins Barental hinein. Er wurde von einem Leutnant der Gebirgsartillerie aufgehalten, zum Kommando gebracht, durchsucht und verhört.

Der Hauptmann konnte den Alten nicht überzeugen und der Alte auch nicht den Hauptmann.

»Hör einmal zu«, sagte schließlich der Hauptmann zum Leutnant, »wir verlieren da Zeit, während von einem Augenblick zum anderen unser Eingreifen notwendig werden könnte; horch nur, wie sie bei Valbella schießen. Bring diesen alten Dickschädel zum Beobachtungsstand, lass ihn durch das Fernrohr auf sein Haus schauen, und dann schick ihn zum Teufel!«

Die zwei gingen zum Beobachtungsstand auf den Nisce; der Leutnant ließ sich genau erklären, welches sein Haus war, und er zeigte es ihm über das Periskop hinweg und forderte ihn dann auf, durch das Okular zu schauen.

Tönle sah sofort, dass kein Kirschbaum auf dem Dach war und nicht einmal mehr ein Dach, die Mauern waren zerschossen und rauchgeschwärzt, und der Garten vorne war von tiefen Löchern zerwühlt, die statt der schwarzen und fetten Erde die weißen Steine wie Gebeine an die Oberfläche gebracht hatten. Das ist nicht mein Haus, dachte er. Aber während er schweigend weiterschaute und die Ruinen der anderen Häuser des Dorfes sah, dahinter den Moor, die Felder auf den Terrassen, den Grabo und davor die Überreste des Prunnele, begriff er, dass alles vorbei war. Hinter dem Grabo sah er plötzlich vier Rauchsäulen aufsteigen und dann viele österreichische Soldaten, die gebückt liefen.

Aber auch der Leutnant, der durch das Fernglas schaute, sah die vier Wolken und die Soldaten, und mit einem Arm schob er den Alten zur Seite, beugte sich zum Telefon, rief das Kommando der Batterie an und gab Angaben über die Einschläge durch. Unverzüglich schossen dort in der Nähe vier Kanonen los, und die Granaten explodierten um das Haus herum und auf der Wiese dahinter.

Es war der 24. Dezember des Jahres 1917, als die Österreicher die Durchbruchsschlacht begannen und den Monte Grappa und den Piave umzingelten. Alle Kanonen von der einen und der anderen Seite begannen zu schießen, die österreichischen und ungarischen Regimenter gingen zum Angriff über, um Venedig zu erobern, wie ihnen Kaiser Karl, der von der Höhe der Melette wohlgefällig der Kampfhandlung zuschaute, versprochen hatte. Die italienischen Regimenter gingen zum Gegenangriff über, um Schützengräben und Schanzen zurückzuerobern; die Maschinengewehre mähten die Menschen nieder, und in den zerwühlten Tälern stauten sich zwischen den Drahtverhauen und den vertrockneten Bäumen die gelben Giftgaswolken. Der Schnee wurde grau vom Rauch und rot vom Blut.

Um Tönle Bintarn kümmerte sich niemand mehr, die Soldaten hatten anderes zu tun; er saß in einer Ecke des Beobachtungsstandes, mit der ausgegangenen Pfeife zwischen den Zähnen, und hörte die Geschosse um sich herum explodieren und über seinen Kopf hinwegjagen. Als er daran dachte, durch eine

Schießscharte zu schauen, sah er unten das Dorf, jenseits der Wiesen. Aber Wiesen gab es keine mehr: Schnee, Steine, Drahtverhaue, Soldatenleichen lagen durcheinander. Anstelle des Dorfes sah er einen Steinhaufen; es gab keine großen Bäume mehr über den Gräbern des Friedhofs hinter der Kirche.

Die Soldaten waren die ganze Zeit beschäftigt, und so entfernte er sich langsam entlang des Laufgrabens, und als er tief in den Wald gekommen war, verließ er den Laufgraben und stieg langsam die Berge hinab, wie es die anderen Flüchtlinge im Mai des vorangegangenen Jahres getan hatten. Auch dieses Mal gab es Kanonengedröhn, Feuer, Einheiten, die hinaufmarschierten, Krankenwagen und Krankenträger, die hinabstiegen. Aber da oben gab es nichts mehr zu zerstören und nichts mehr, um leben zu können.

Tönle ging langsam durch den Wald des Camporossignolo, mit müdem Schritt, er kreuzte Soldaten, die schweigend zur Schlacht hinaufstiegen, und folgte dem Klagen der Verwundeten auf den Tragbahren. Sein alter Jagdrock aus Barchent roch noch nach Salz und Schafen.

Er ließ den Wald hinter sich, die Straße, die Pfade und verbrachte noch einmal eine Nacht in einem Stall, der zwischen Goldregen und Erlen versteckt lag, in einer Schlucht, wo Wiesel und verwilderte Katzen hausten.

Das Schlachtengedröhn hatte etwas abgenommen, aber in der Morgendämmerung riss ihn ein anhaltender Lärm, der immer stärker wurde, aus seiner Benommenheit; er bemerkte, dass alle Kanonen, auch die mit großem Kaliber, die am unteren Rand des Altipiano in Stellung waren, ohne Unterlass schossen. Vor ihm entstand wieder das Bild, das er durch das Instrument im Beobachtungsstand auf dem Nisce gesehen hatte, und er verkroch sich wie ein frierendes Lämmchen unter der Streu, sicher nicht aus Angst, sondern weil alles so zum Erbarmen war.

Wie Windstöße, die plötzlich losbrechen, schwoll tagsüber der Schlachtenlärm an und ebbte wieder ab, und erst gegen Abend beruhigte er sich ein bisschen.

Jetzt kam Tönle Bintarn aus seinem Schlupfwinkel und machte sich auf den Weg in die Ebene. Er hatte beschlossen, in irgendein noch bewohntes Dorf zu gehen, nach den Flüchtlingen aus unserer Gegend zu fragen; er wollte die Töchter und Enkelkinder suchen und das Ende abwarten. Aus einem Bächlein trank er gierig und erfrischte sich das Gesicht. Er ging auf sehr steilen Pfaden, manchmal hielt er sich beim Abstieg an den Zweigen der Bäume oder an den Wurzeln der Sträucher fest; er schritt über vom Reif glänzende Wiesen und hart gefrorene aufgehackte Felder. Dann wurde die Luft plötzlich wärmer, wie im Frühling.

Ohne es zu wollen, war er in den Ort gekommen, der am Fuß unserer Berge und am Rande der großen Ebene liegt, der einzige, wo zuckersüße Feigen und Zibebentrauben reifen und Oliven gedeihen.

Jetzt fühlte er sich wohl, man hörte keinen Schlachtenlärm mehr, sondern nur einen sanften Wind in den Zweigen der Olivenbäume. Der Abend sank herab, und auch über der Ebene heiterte es sich gegen das Meer hin auf: Der Himmel nahm die Farbe des Meeres an. Er setzte sich unter einen Olivenbaum, zog die Uhr auf, ohne dass er daran dachte, dass die vergangenen Stunden dieses Tages die Weihnachtsstunden gewesen waren; er zündete sich die Pfeife an, lehnte sich an den Stamm und sagte laut: »Wie ein Abend im Frühling«, und erinnerte sich an den Frühling vor vielen Jahren, als er in sein Haus zurückkehren wollte und am Waldrand gewartet hatte, bis der Schatten der Nacht den Kirschbaum auf dem Dach verschwinden ließ.

Am nächsten Morgen hatte sich das Gefecht ausgetobt wie ein Gewitter, das keine Wolken und keine Blitze mehr hat. Die Soldaten ruhten sich in den zerwühlten Stellungen aus, und die Verwundeten wurden in die Etappen gebracht. Der Oberleutnant Filippo Sacchi musste sich zum Kommando der 9. Alpinigruppe begeben, zum Oberst Scandolara, um ihn abzulösen und dem Kommando der 52. Division Bericht zu erstatten; er wollte unterwegs, weil es ein schöner und ruhiger Tag war, die Abtei von Campese besuchen, die an dieser Straße lag, um dem Grab von Teofilo Folengo seine Ehre zu erweisen.

In Gedanken versunken ging er so dahin, als er in der Nähe von San Michele, wo die Benediktiner vor Jahrhunderten jene Olivenbäume gepflanzt hatten, einen Alten sah, der an einem Stamm lehnte und ruhig, mit der Pfeife in der Hand, dasaß.

»Grüß Gott«, sagte er zu ihm. Aber er erhielt keine Antwort. Vielleicht ist er taub, dachte er und winkte ihm mit der Hand. Nicht einmal auf das Winken antwortete der Mann, und als er bei ihm war, bemerkte er, dass der Alte tot war. Er schaute sich um, im ersten Moment sah er niemanden, dann hörte er Schritte auf der Straße, die hinaufführte, und rief. Ein ziemlich zerlumpter Soldat, mit dem Helm auf dem Kopf und dem Mantel über der Schulter, kam herunter. »Komm mal runter«, sagte ihm der Oberleutnant, »wir müssen etwas machen. Der Alte hier ist tot.«

Ich war im Wald, um Holz für den Winter zu machen, und es war niemand zu Hause, um ans Telefon zu gehen. Ich wusste nichts.

Wie jeden Abend ging ich vor dem Essen zu Gigi. Ich dachte an sein Leiden, das ihm von Tag zu Tag mehr Kräfte raubte, aber nicht den Lebenswillen. Das ist außergewöhnlich, ging es mir durch den Kopf.

Auf den Feldern um das Dorf hackten sie gerade die Kartoffeln, und aus den Kaminen rauchte das Feuer für die Polenta. Ich dachte auch an die Geschichte, die ich beendet hatte, und was ich ihm noch erzählen könnte.

Ich grüßte, erwiderte Grüße und kam so zu seinem Haus: Es war alles verschlossen; die Stühle waren nicht draußen, auf dem vom Bretterzaun umgebenen Platz vor der Haustür, und sein Auto stand nicht unter den Birken.

Mit zugeschnürter Kehle und angstvollem Herzen kam ich zum Haus der Nappa, um die Bestätigung zu erhalten. »Er hat sofort abreisen müssen, weil es ihm schlecht ging«, sagte man mir. »Man hat dich zu Hause angerufen, aber du warst nicht da.«

Von den Bergen kamen die ersten Schatten herab, ich setzte mich vor die Tür, um zu der Kuh auf dem Moor zu schauen, so, als wäre er noch hier, bei mir.

Asiago, im langen Winter 1977/78

Glossar

Moor	Berg, Hügel
Prunnele	Gemauerter Brunnen
Pach	Flüsschen
Pio Istituto Elemosiniere	Kirchliche Institution
Eisenponnar	Eisenbahnarbeiter
Fasciari	Fassdaubenmacher
Socialismo	Sozialismus
Socialità	Geselligkeit
Communisti	Gemeindemitglieder
Progressisti	Fortschrittliche
Moderati	Gemäßigte
Barete Rosse	Rotkappen
Maindar Kindar	Armes Kind
Alle inzòart	Alles ist aus!

Mario Rigoni Stern

Mario Rigoni Stern wurde 1921 in Asiago in den italienischen Alpen geboren und wuchs in einer traditionellen Bergbauernfamilie auf. Als junger Mann trat er in die Armee ein und kämpfte im Zweiten Weltkrieg an der Ostfront. Nach der italienischen Kapitulation 1943 wurde Rigoni Stern von den Deutschen gefangen genommen und deportiert. Ihm gelang die Flucht, und er kehrte zu Fuß in sein Heimatdorf zurück. Diese Erfahrungen prägten ihn tief und wurden zum zentralen Thema seines ersten und berühmtesten Werks, *Il sergente nella neve*. Nach dem Krieg arbeitete Rigoni Stern als Förster, widmete sich dem Schreiben und wurde zu einer der wichtigsten Stimmen der italienischen Nachkriegsliteratur. Mario Rigoni Stern starb 2008 in Asiago.